Les Éditions du Boréal
4447, rue Saint-Denis
Montréal (Québec) H2J 2L2
www.editionsboreal.qc.ca

LA PETITE POULE D'EAU

ŒUVRES DE GABRIELLE ROY

Bonheur d'occasion, roman (1945).

La Petite Poule d'Eau, roman (1950).

Alexandre Chenevert, roman (1954).

Rue Deschambault, roman (1955).

La Montagne secrète, roman (1961).

La Route d'Altamont, roman (1966).

La Rivière sans repos, roman (1970).

Cet été qui chantait, récits (1972).

Un jardin au bout du monde, nouvelles (1975).

Ces enfants de ma vie, roman (1977).

Fragiles Lumières de la terre, écrits divers (1978).

De quoi t'ennuies-tu, Éveline? suivi de *Ély! Ély! Ély!,* récits (1984).

La Détresse et l'Enchantement, autobiographie (1984).

Ma chère petite sœur, lettres (1988).

Le temps qui m'a manqué, récit autobiographique (1997).

Contes pour enfants, contes (1998).

Le Pays de Bonheur d'occasion et autres récits autobiographiques épars et inédits (2000).

« *Mon cher grand fou…* ». *Lettres à Marcel Carbotte 1947-1979* (2001).

Gabrielle Roy

LA PETITE POULE D'EAU

roman

Nouvelle édition

Boréal

Les Éditions du Boréal remercient le Conseil des Arts du Canada ainsi que le ministère du Patrimoine canadien et la SODEC pour leur soutien financier.

Illustration de la couverture : Jean Paul Lemieux, *La Petite Poule d'Eau* (détail), 1971. Collection du Musée du Québec. Photo : Jean-Guy Kérouac.

Les personnages et les circonstances de ce roman sont purement imaginaires. Toute ressemblance avec une personne ou des circonstances réelles ne serait qu'une coïncidence due à l'inspiration de l'auteur, à ses observations, mais non voulue par lui.

© 1993 Fonds Gabrielle Roy
Dépôt légal : 3e trimestre 1993
Bibliothèque nationale du Québec

Diffusion au Canada : Dimedia
Distribution et diffusion en Europe : Les Éditions du Seuil

Données de catalogage avant publication (Canada)

    Roy, Gabrielle, 1909-1983

    La Petite Poule d'Eau

    (Boréal compact ; 48)

    2e éd.

    Éd. originale : Montréal : Beauchemin, 1950.

    Comprend des réf. bibliogr.

    ISBN 2-89052-573-2

    I. Titre. II. Collection.

PS8535.O95P4	1993	C843'.54	C93-096947-2
PS9535.O95P4	1993		
PQ3919.R69P47	1993		

À Marcel

LES VACANCES DE LUZINA

I

Ce petit village au fond de la province canadienne du Manitoba, si loin dans la mélancolique région des lacs et des canards sauvages, ce petit village insignifiant entre ses maigres sapins, c'est Portage-des-Prés. Il est déjà à trente-deux milles, par un mauvais *trail* raboteux, du chemin de fer aboutissant à Rorketon, le bourg le plus proche. En tout, il comprend une chapelle que visite trois ou quatre fois par année un vieux missionnaire polyglotte et exceptionnellement loquace, une baraque en planches neuves servant d'école aux quelques enfants blancs de la région et une construction également en planches mais un peu plus grande, la plus importante du *settlement* puisqu'elle abrite à la fois le magasin, le bureau de poste et le téléphone. On aperçoit, un peu plus loin, dans l'éclaircie des bouleaux, deux autres maisons qui, avec le magasin-bureau-de-poste, logent l'entière population de Portage-des-Prés. Mais j'allais oublier: en face du bâtiment principal, au bord de la piste venant de Rorketon, brille, munie de sa boule de verre qui attend toujours l'électricité, une unique pompe à essence. Au-delà, c'est un désert d'herbe et de vent. L'une des maisons a bien une porte de devant, à l'étage, mais comme on n'y a jamais ajouté ni balcon, ni escalier, rien

11

n'exprime mieux la notion de l'inutile que cette porte.
Sur la façade du magasin, il y a, peint en grosses lettres:
General Store. Et c'est absolument tout ce qu'il y a à
Portage-des-Prés. Rien ne ressemble davantage au fin
fond du bout du monde. Cependant, c'était plus loin
encore qu'habitait, il y a une quinzaine d'années, la
famille Tousignant.

*   *   *

Pour se rendre chez elle, de Portage-des-Prés, il
fallait continuer tout droit devant la pompe à essence,
en suivant toujours le trail, peu visible au premier abord,
mais que l'on finissait par distinguer aux deux bandes
parallèles d'une herbe qui restait quelque peu couchée
derrière le passage des légères charrettes indiennes.
Seul un vieil habitant ou un guide métis pouvait s'y
reconnaître, car, à plusieurs endroits, cette piste se divi-
sait en pistes secondaires conduisant, à travers la
brousse, à la cabane de quelque trappeur, située deux ou
trois milles plus loin et que, du chemin principal, on ne
pouvait pas apercevoir.

Il fallait donc s'en tenir strictement au trail le plus
direct. Et ainsi, au bout de quelques heures si on était
en charrette, un peu plus vite si on voyageait dans une
des Ford antiques telles qu'il y en a encore là-bas, on
devait arriver à la rivière de la Grande Poule d'Eau.

Ici, on abandonnait la Ford ou le buggy.

Les Tousignant avaient un canot pour traverser la
rivière. S'il se trouvait sur la rive éloignée, un des
voyageurs devait aller le chercher à la nage. On s'en
allait ensuite au fil de l'eau, tout enveloppé d'un silence
comme il s'en trouve peu souvent sur terre, ou plutôt de
froissements de joncs, de battements d'ailes, de mille

petits bruits cachés, secrets, timides, y produisant quelque effet aussi reposant et doux qu'en procure le silence. De grosses poules des prairies, presque trop lourdes pour voler, s'élevaient quelque peu des bords embroussaillés de la rivière pour aller s'abattre aussitôt un peu plus loin, déjà lasses de leur paresseux effort.

Débarquant sur la rive opposée, on devait traverser à pied une île longue d'un demi-mille, couverte de foin rugueux et serré, de bosses et de trous boueux et, si c'était l'été, de moustiques énormes, affamés, qui se levaient par milliers du terrain spongieux.

On aboutissait à une autre rivière. C'était la Petite Poule d'Eau. Les gens du pays avaient eu peu de peine à en dénommer les aspects géographiques, toujours d'après la doyenne de ces lieux, cette petite poule grise qui en exprimait tout l'ennui et aussi la tranquillité. En plus des deux rivières déjà citées, il y avait la Poule d'Eau tout court; il y avait le lac à la Poule d'Eau. En outre, la contrée elle-même était connue sous le nom de contrée de la Poule d'Eau. Et c'était une paix infinie que d'y voir les oiseaux aquatiques, vers le soir, de partout s'envoler des roseaux et virer ensemble sur un côté du ciel qu'ils assombrissaient.

La Petite Poule d'Eau traversée, on descendait sur une île assez grande, peu boisée. Plus d'une centaine de moutons y paissaient dans la plus parfaite liberté; autrement, on eût dit l'île inhabitée.

Cependant, il s'y trouvait une maison.

Bâtie de bois non équarri, sans étage, longue, à fenêtres basses, elle s'élevait sur une très légère montée de l'île, en plein ciel dépouillé.

C'était là qu'habitaient les Tousignant.

Des sept beaux enfants, sauvages et dociles, un seul avait été jusqu'au village de Sainte-Rose-du-Lac, pour y faire traiter une otite très grave. Quelques-uns des autres enfants avaient parfois accompagné le père qui, deux ou trois fois par année, se rendait à Portage-des-Prés y prendre les ordres du propriétaire du ranch dont il était l'intendant.

C'était la mère qui voyageait le plus. Presque tous les ans, elle allait par nécessité à Sainte-Rose-du-Lac. C'était le plus proche village français de la région. Il était situé plus loin encore que Rorketon, sur le chemin de fer solitaire qui reliait un peu toute cette brousse à la petite ville de Dauphin. Que le moindre contretemps survînt et on pouvait mettre des jours à l'atteindre. Néanmoins, comme elle ne sortait environ qu'une fois l'an de son île, ce long voyage difficile, souvent dangereux, ce voyage épuisant, Luzina Tousignant en était venue à le considérer comme ses vacances. Devant les enfants, elle n'y faisait jamais allusion longtemps d'avance, car ils étaient pour ainsi dire trop attachés à leur mère, très tendres, très affectueux, et ils ne la laissaient partir que difficilement, accrochés à ses jupes, la suppliant de ne pas les quitter. Mieux valait donc ne pas éveiller ce chagrin plus tôt que nécessaire. Au père Tousignant seul, elle annonçait, un beau jour, en le regardant drôlement, moitié rieuse, moitié affligée: «Mon congé approche.» Puis elle partait. Et dans cette existence toujours uniforme, c'était la grande, l'unique aventure.

II

Cette année-là, il parut que Luzina Tousignant ne pourrait entreprendre son voyage habituel. Elle avait les jambes enflées; elle ne pouvait pas se tenir debout plus d'une heure à la fois, car c'était une femme assez forte, grasse, animée, toujours en mouvement dès que ses pauvres jambes allaient un peu mieux. Hippolyte Tousignant n'aimait pas la laisser partir dans cet état. De plus, on était au pire temps de l'année. Pourtant, c'est en riant que Luzina se mit à parler de son congé. En plein été, au milieu de l'hiver, on pouvait à la rigueur sortir de l'île et même sans trop de difficultés. Mais au printemps, une femme seule ne pouvait rencontrer plus de hasards, de périls et de souffrances que sur cette piste de Portage-des-Prés. Hippolyte tenta longuement de dissuader Luzina de partir. Douce en toute autre occasion, elle se montra déterminée. Il fallait qu'elle aille à Sainte-Rose-du-Lac, voyons! Au reste, elle y consulterait le médecin pour l'eczéma du bébé. Elle ferait réparer la pièce ébréchée de l'écrémeuse. Elle s'arrêterait quelque temps à Rorketon pour les affaires. Elle en profiterait pour voir un peu ce qui se portait maintenant, «car, disait Luzina, ce n'est pas parce qu'on vit dans les pays sauvages qu'on ne doit pas se mettre à la mode de temps en temps». Elle donnait cent raisons plutôt que de convenir qu'il y avait bien quelque plaisir pour elle à quitter l'horizon désert de la Petite Poule d'Eau.

En effet, comment Luzina aurait-elle pu voir une foule, une véritable foule d'au moins cent personnes, telle qu'il s'en trouve les samedis soirs dans la rue principale de Rorketon; comment aurait-elle pu parler avec d'autres personnes qu'avec son mari, ses enfants qui, au moment où elle ouvrait la bouche, savaient déjà ce qu'elle allait dire; comment aurait-elle pu goûter ces rares joies du nouveau, de la curiosité satisfaite, du monde entrevu, si elle n'avait eu pour voyager une tout autre raison, éminemment sérieuse et urgente! Elle était une femme raisonnable; elle voulait bien prendre les plaisirs du voyage, mais pour autant qu'ils apportaient de justes compensations à l'accomplissement du devoir.

Elle partit vers la fin de mars. La Petite Poule d'Eau était encore suffisamment gelée pour qu'on pût la traverser à pied. La Grande Poule d'Eau, toutefois, était libre vers le milieu de son cours. On se servit de la barque comme d'un traîneau pour franchir l'espace gelé de la rivière. Luzina était installée au fond de l'embarcation. On lui avait mis une peau d'ours sur les genoux, des briques chauffées aux pieds. Hippolyte avait dressé au-dessus d'elle une pièce de toile grossière qui formait comme une espèce de petite tente. Parfaitement à l'abri, ne marquant aucune crainte, Luzina s'intéressa à tous les incidents de la traversée. Elle montrait de temps à autre un visage souriant dans l'ouverture de la toile; elle disait, contente: «Je suis comme la reine.»

Deux des enfants aidaient le père, l'un poussant, l'autre tirant, à manœuvrer la barque sur la glace, et il fallait y aller avec beaucoup de précaution; on ne pouvait prévoir à quel endroit la glace commencerait à céder. Sans trop se tremper, on atteignit le cours libre de la rivière. De gros morceaux de glace y flottaient; il fallait ramer vite pour les éviter et aussi avec force contre le courant de la Grande Poule d'Eau qui était rapide. Puis on tira la barque sur l'autre bord, non sans peine; on avait pied sur un terrain peu solide.

Les plus jeunes enfants étaient restés sur la petite île et, à ce moment, ils firent leurs adieux à leur mère. Ils pleuraient tous. En ravalant des larmes et sans cris; ils comprenaient qu'il était trop tard pour la retenir. Les petites mains, sans suspendre un seul instant leurs mouvements, s'agitaient dans la direction de Luzina. L'une des fillettes portait le bébé entre ses bras et elle l'obligeait à faire aller tout le temps sa menotte. Ils se tenaient tous les cinq serrés à ne former qu'une seule tache minuscule contre l'horizon le plus vaste et le plus désert du monde. Une grande partie de la gaieté de Luzina l'abandonna dans ce moment. Elle chercha son mouchoir qu'elle ne put trouver tant elle était gênée par ses lourds vêtements. Elle renifla.

— Soyez bons, recommanda-t-elle à ses enfants, enflant sa voix que le vent emporta en une tout autre direction. Obéissez bien à votre père.

Ils tâchèrent de se parler d'une rive à l'autre, et ce qu'ils se disaient était sans correspondance.

Les enfants rappelaient des souhaits caressés depuis toute une année. À travers leur chagrin ils s'en souvenaient tout de même fort bien.

— Une ardoise, Maman, criait l'un.

— Un crayon avec une efface, Maman, lançait l'autre.

Luzina n'était pas sûre de ce qu'elle entendait, mais à tout hasard, elle promettait:

— Je vous apporterai des cartes postales.

Elle savait ne pas se tromper en promettant des cartes postales. Ses enfants en raffolaient, surtout de celles qui montraient de très hauts édifices, des rues encombrées d'autos, et des gares donc! Luzina comprenait bien ce goût.

Son mari la soutenant, ses fils aînés allant devant pour mieux piétiner le chemin, Luzina Tousignant atteignit le bord de la piste, et tous se mirent à attendre le passage du facteur qui, une fois par semaine quand cela était possible, assurait le service des postes entre Portage-des-Prés et une réserve indienne située quinze milles plus au nord, sur le lac de la Poule d'Eau.

Ils eurent bien peur d'avoir manqué le facteur, ou encore qu'il eût décidé, vu le mauvais état de la route, de remettre son trajet à la semaine suivante. Pierre-Emmanuel-Roger et Philippe-Auguste-Émile eussent presque souhaité ce contretemps. Même Hippolyte Tousignant qui suggéra timidement: «Le facteur n'osera pas se mettre en route par pareil temps. Si tu revenais à la maison, Luzina. On s'arrangerait quand même.»

— Voyons, tu sais bien que non, fit-elle avec un sourire de regret et de légère moquerie qui avait surtout l'air de reprocher à Hippolyte son peu de sens pratique.

Elle guettait le lointain avec une détermination accrue. Après tant d'obstacles déjà surmontés, il eût fait beau la voir retourner à la maison. Il commença à tomber une neige très fine mêlée de pluie.

— Si seulement je pouvais t'accompagner, disait Hippolyte, comme toutes les autres fois.

Et elle, de même qu'au précédent voyage, acquies-
çait:

— Ah ça, par exemple, oui! Faire le voyage ensemble, tous les deux, ça ne serait que du plaisir. Mais,
pauvre homme, il faut bien quelqu'un pour garder la
maison, et prendre le commandement quand je ne suis
pas là.

Ils se turent.

Au loin, dans l'immense solitude uniforme, apparaissaient un cheval tout suant et, sur le siège d'un
traîneau, une grosse boule de fourrure d'où émergeaient
de tristes moustaches jaunes, le brouillard d'une haleine
et, maintenu dans l'air, un fouet qui se balançait.

C'était le facteur.

Il se rapprocha. On distingua ses gros sourcils
d'entre les poils bruns de son haut bonnet fourré; on vit
luire le filet d'argent qui lui pendait toujours au nez par
temps froid; on aperçut ses dents jaunies par le tabac au
moment où il cria quelque rauque commandement à sa
jument. À la hauteur du petit groupe des Tousignant,
sans un mot de salutations, avec un regard froncé vers
Luzina seulement, il tira sur les rênes, arrêta, attendit.
Tel était ce vieil original de Nick Sluzick. Dans un pays
où on était souvent silencieux, faute d'avoir du nouveau
à commenter, il détenait le record de la taciturnité. Il
passait pour avoir mené ses affaires, accepté des com-
missions, rendu service, accompli son devoir de facteur,
fait l'amour, procréé des enfants, tout cela sans pronon-
cer plus d'une dizaine de phrases.

On installa Luzina auprès de ce sauvage compagnon qui se poussa à peine pour lui faire une petite place
à côté de lui. Causante comme elle l'était, ce mutisme

extraordinaire de Nick Sluzick restait pour elle la principale, la seule épreuve même du voyage.

Pierre-Emmanuel-Roger avait apporté un fanal qu'il alluma et glissa sous les couvertures aux pieds de sa mère. Il la recouvrit d'une peau de bison puis d'une toile cirée destinée à empêcher la fourrure d'être trempée. On ne voyait presque plus rien de Luzina, sinon les yeux au-dessus d'un épais cache-nez. C'étaient de clairs yeux bleus, assez grands, tout pleins d'affection et, en ce moment, humides d'angoisse. De part et d'autre, on se regardait d'ailleurs avec la même expression de stupeur douloureuse comme si, tellement unis dans leur isolement, ces Tousignant eussent été presque incapables d'imaginer la séparation. Et eux, qui croyaient avoir depuis longtemps épuisé tout sujet de conversation, en découvrirent sur-le-champ un tout à fait neuf. Ils se mirent à parler ensemble.

— Vous ferez bien attention au feu, recommanda Luzina en baissant le foulard qui lui couvrait la bouche.

— Oui, et toi, fais attention de ne pas geler en route, dit Hippolyte.

— Surtout, ne vous laissez pas mourir de faim, fit Luzina. Il y a de la graisse et de la farine en quantité. Faites toujours des crêpes, si vous n'avez pas beaucoup de goût à la cuisine; et toi, Pierre-Emmanuel-Roger, seconde bien ton père.

Les deux aînés n'étaient pas les seuls des enfants Tousignant à porter des prénoms composés. Comme pour mieux peupler la solitude où elle vivait, Luzina avait donné à chacun de ses enfants toute une kyrielle de noms d'après les grands de l'histoire ou tirés des rares romans sur lesquels elle avait réussi à mettre la main. Parmi les enfants qui étaient restés à la maison, il y avait Roberta-Louise-Célestine, Joséphine-Yolande, André-Amable-Sébastien; le plus petit, un bébé de quinze mois, répondait au prénom de Juliette-Héloïse.

— Vous ferez bien attention à Juliette-Héloïse, qu'elle n'avale pas d'épingles, dit Luzina.

Ce fut la dernière recommandation qu'elle adressa aux siens. Nick Sluzick n'en pouvait plus de gaspiller son temps. De toutes les actions humaines, aucune ne lui paraissait aussi vaine et aussi superflue que le fait de se dire au revoir. Ou bien l'on ne partait pas, ou bien l'on partait; en ce cas, l'événement était assez explicite pour se passer de commentaires. Il cracha sur un côté du traîneau. D'une main, il tira sa grande moustache jaune, de l'autre il ramassa les rênes. Et l'on fut dans la neige molle, inégale, en buttes par ici, en creux par là, qui était la route de Portage-des-Prés.

* * *

Décrire les difficultés du voyage de Luzina Tousignant à côté de son insociable moujik qui n'ouvrit la bouche qu'une seule fois, pour lui recommander de bien rester à son bout de siège, sans quoi le traîneau eût pu verser; dire qu'arrivée à Portage-des-Prés, elle dut attendre toute une semaine le départ du prochain courrier pour Rorketon; comment elle logea durant ce temps au magasin-bureau-de-poste qui était aussi en quelque sorte l'auberge de l'endroit puisqu'on pouvait à la rigueur, à des gens vraiment dépourvus, offrir une chambre peu chauffée, peu ou point meublée; comment Luzina s'y morfondit, énervée de ce contretemps et craignant fort d'arriver trop tard à Rorketon; comment, partie de Portage-des-Prés par un vent assez froid qui augmenta en route, elle eut une oreille gelée; raconter ces quelques misères offrirait de l'intérêt, si ce n'est que le voyage de retour devait être autrement riche de péripéties.

III

Le but sérieux de son voyage atteint, ses affaires terminées à Sainte-Rose-du-Lac, Luzina n'eut rien de plus pressé que de revenir par train à Rorketon où elle espérait trouver une occasion immédiate de rentrer chez elle. Elle était ainsi; toute l'année, il lui paraissait, là-bas, dans son île, que jamais elle ne se rassasierait du spectacle des vitrines illuminées de Rorketon, des lumières électriques qui brillaient toute la nuit dans la rue principale, des nombreux buggies qui y venaient, des trottoirs en planches, des gens qui y circulaient, enfin de l'intense vie qu'offrait ce gros village avec son restaurant chinois, sa chapelle catholique du rite grec, son temple orthodoxe, son tailleur roumain, ses coupoles, ses chaumières blanchies à la chaux, ses paysans en peaux de mouton et gros bonnets de lapin; les uns, des immigrants de Suède; d'autres, des Finlandais, des Islandais; d'autres encore, et c'était la majorité, venus de Bukovine et de Galicie. À Rorketon, Luzina recueillait de quoi alimenter les récits qu'elle ferait à sa famille pendant des mois et des mois, jusqu'au prochain voyage, en fait.

Cependant, au bout de quelques jours à Rorketon, elle en avait tout à fait assez. Rien ne lui semblait plus chaleureux, plus humain que cette grise maison isolée qui, de sa butte entre les saules, n'avait à surveiller que la tranquille et monotone Petite Poule d'Eau.

Elle s'inquiétait des enfants. Elle supposait qu'en creusant des trous dans la glace de la Petite Poule d'Eau pour y pêcher du brochet, selon leur habitude, au printemps, ils avaient bien pu y glisser tous et y périr en voulant se sauver l'un l'autre. Elle se représentait une inondation qui pouvait recouvrir l'île entière, obligeant son mari, ses pauvres enfants à monter sur le toit de la maison. Elle avait un cerveau des plus inventifs pour imaginer, dès qu'elle était éloignée des siens, les malheurs qui eussent pu les frapper et auxquels la réalité, si dure en ce pays, prêtait une certaine vraisemblance.

Elle ne tenait plus en place.

Mais le printemps avait été singulièrement retardé cette année par d'abondantes chutes de neige suivies de pluies et enfin par un retour du froid. La piste de Rorketon à Portage-des-Prés était devenue impraticable. Le facteur même refusait de s'y risquer. Or, dans ces pays du Nord, chacun se tient pour dit que si le facteur ne peut passer personne ne passera. Le courrier de ces terribles déserts reste la grande, la plus importante affaire, et il ne faut rien de moins que d'insurmontables obstacles pour l'interrompre.

Cependant Luzina s'informait partout, au relais de la poste, aux magasins, à l'hôtel, si on ne connaissait pas quelqu'un qui devait entreprendre coûte que coûte le voyage de Portage-des-Prés. Il se trouvait en ce moment une grande affluence de voyageurs que les mauvais chemins précisément retenaient à Rorketon. Ainsi Luzina fit la connaissance de plusieurs personnes; à quelques-unes, elle devait même donner plus tard des nouvelles de son voyage de retour et du ranch, tant ces personnes avaient paru intéressées à elle et avaient semblé lui vouloir du bien. Très liante, Luzina se créait des amitiés en voyage; elle écrivait encore régulièrement à une vieille dame qui s'était prise d'affection pour elle durant le court trajet par train de Sainte-Rose-du-Lac à Rorketon, dix années auparavant, une dame Lacoste qui venait du Québec. Luzina disait même que rencontrer des gens aimables était le véritable agrément du voyage. Elle aimait obliger les uns et les autres, si bien qu'il était rare qu'elle ne trouvât pas en route des personnes affables, prêtes à lui rendre la pareille. Cette fois, pourtant, aucune ne pouvait lui être utile. On lui conseillait de s'adresser au facteur du trajet Rorketon-Portage-des-Prés qui la rendrait jusqu'au relais où Nick Sluzick prenait le courrier.

Or, ce facteur de Rorketon était l'homme le plus déroutant de tous. Ivan Bratislovsky annonçait presque toujours le contraire de ce qu'il allait faire, par une ruse de paysan envers la destinée qu'il espérait peut-être ainsi confondre. Pour la même raison sans doute, il n'arrêtait pas de se plaindre. À toute heure du jour, on le trouvait au café chinois cherchant noise à quiconque eût osé soutenir que lui, Ivan Bratislovsky, ne menait pas une vie de chien. Quand on tombait d'accord avec lui sur ce point, le petit Ruthène pouvait se montrer fort serviable. Luzina ignorait cette manière de l'apaiser. Ayant envoyé un gamin par deux fois demander au Ruthène s'il ne se mettrait pas en route le lendemain matin, elle avait reçu la réponse «que le cheval d'Ivan Bratislovsky était blessé, que son traîneau était petit pour prendre une voyageuse avec beaucoup d'effets et qu'au reste il était lui-même sur le point d'offrir sa démission au ministère des Postes». Cela voulait dire qu'Ivan Bratislovsky risquerait le voyage très prochainement. Luzina ne pouvait le deviner. Sur ces entrefaites, un marchand juif arriva de Dauphin à l'hôtel où Luzina logeait. Il était pressé, pressé de se rendre à Portage-des-Prés en vue d'une affaire de peaux de rats musqués qu'on eût pu d'une minute à l'autre lui souffler. Il loua un cheval, un traîneau. Au matin suivant, il partit. Luzina l'accompagnait.

IV

Les deux voyageurs avaient à peine dépassé les dernières fermes de Rorketon qu'ils se trouvèrent dans une vaste étendue solitaire, entièrement recouverte d'une mince couche de glace qui étincelait. La neige, fine, errante, était complètement emprisonnée comme une enveloppe de brillante cellophane. Aucun vent ne dérangeait cette blancheur glacée. C'était l'immobilité dure et parfaite que détermine le froid dans toute sa rigueur.

La route était aussi complètement gelée que les champs, que tout le pays, plat et inanimé. Par moments, elle s'étalait bleue, unie, comme un étang figé; les patins du traîneau se mettaient à valser; ailleurs, le gel avait figé les creux, les aspérités de la route en une surface si raboteuse que l'équipage y enfonçait, se relevait, y retombait avec de pénibles efforts étranges à voir dans un si grand, si insensible paysage.

Le cheval fut vite en sueur. La glace se brisait parfois sous ses sabots en longs éclats aigus qui le blessaient cruellement. Luzina avait peine à supporter la vue de cette pauvre bête et, sans cesse, malgré son désir d'arriver au plus vite, elle recommandait au Juif de la ménager.

Ils mirent des heures à franchir quelques milles. La glace était de plus en plus lisse. À un tournant qu'ils prirent un peu vite, le traîneau versa, projeta Luzina, sa valise et tous ses paquets à quelques pieds de la route. Abe Zlutkin courut la relever. Ses épais vêtements l'avaient protégée, elle et son plus fragile cadeau que dans sa chute elle serrait entre ses bras. Elle n'avait pas même une écorchure. Elle se mit à rire. Abe Zlutkin de même, après un moment de réflexion.

C'était un petit homme noiraud, agile, maigre, toujours soucieux et calculateur. À peine sorti de Rorketon, aux premières clartés du jour, il s'était mis à regretter d'avoir pris cette femme avec lui. Elle pourrait être blessée s'il leur arrivait un accident; en ce cas, le mari réclamerait probablement des dommages. Pour avoir voulu toucher les trois dollars offerts par Luzina, Abe Zlutkin entrevit qu'il en perdrait des centaines. Il était secoué par cette peur au moment où Luzina se remit sur pied, plus alerte que jamais, et partit à rire. L'optimisme remplaça aussitôt la crainte dans l'âme changeante de Zlutkin. Une telle femme, saine et courageuse, ne devait pas porter malheur à qui l'aidait. Il devait faire bon, au contraire, se placer sous son étoile qui était certainement celle de la chance. Une demi-heure après l'accident, Zlutkin en riait encore, tout émerveillé et désormais assuré que sa bonne action lui serait rendue au centuple, en excellentes fourrures, en peaux de choix qu'il acquerrait à peu de frais à Portage-des-Prés.

Le voyant si bien disposé, Luzina se mit à bavarder. Elle était sur la route du retour; chaque pas du cheval, si hésitant qu'il fût, la rapprochait de sa maison; elle était reconnaissante envers Abe Zlutkin; elle ne put empêcher sa généreuse nature d'offrir ce qu'elle avait à donner, c'est-à-dire le récit de cinquante aventures de sa vie qui eussent pu être tragiques et qui s'étaient toujours terminées, elle ne s'expliquait pas comment, de la façon la plus heureuse. Dans son bon cœur, elle espérait bien par toutes ces histoires distraire son compagnon des dangers qu'ils ne cessaient de courir. Mais elle craignait de paraître égoïste en ne parlant que de son bonheur. Elle demanda au marchand de fourrures s'il n'était pas marié. La bonté maternelle de la grasse Luzina, ses prunelles chaudes et curieuses, son avide intérêt envers autrui, tout en elle invitait à la confiance.

Abe Zlutkin profita d'un moment où la route était un peu moins glissante pour lui montrer une photo de sa femme. Elle représentait une jeune Juive grassouillette et de teint foncé. Abe s'avisa qu'il l'aimait bien. Pour le moment, son marché cessa de le tourmenter. Tel était le pouvoir de Luzina. Elle inclinait les gens à s'apercevoir qu'ils avaient des raisons d'être heureux.

Quand ils furent fatigués de parler, ils se reposèrent en songeant à ce qu'ils s'étaient dit de plaisant. Son existence, aux seuls moments où Luzina pouvait beaucoup y penser, quand elle était cahotée sur la route, lui paraissait véritablement prodigieuse. Vivant si loin du monde, elle avait rencontré des êtres de toutes les nationalités et de tous les tempéraments. Le roman le plus passionnant ne lui eût pas offert une telle variété de personnages: de petits vieux Polonais barbus, des postillons slaves, des guides métis, des Russes orthodoxes; elle avait même fait le voyage de retour une fois avec l'inspecteur des Postes. Aucun ne lui avait jamais manqué de respect. Luzina n'avait qu'à se mettre sous la protection d'un être humain pour qu'il fût envers elle tel qu'elle le souhaitait. Aussi le voyage l'avait-elle instruite d'une façon inattendue; il lui avait enseigné que la nature humaine est partout excellente. Les Juifs étaient à peu près les seules gens qu'elle n'avait pas eu l'occasion d'étudier; or, jugeant d'après le marchand de fourrures qu'ils étaient plutôt sympathiques, elle se laissa aller à un sentiment de bienveillance vague, paresseuse et douce, qui englobait à peu près tous les humains.

Mais elle dut se remettre à parler. Zlutkin redevenait soucieux. La route était toujours aussi mauvaise. Le cheval boitait. Et, avant qu'ils n'eussent couvert beaucoup de terrain, le ciel commença de s'assombrir. D'étranges lueurs rouges, bas à l'horizon, annonçaient un changement de température. Les deux voyageurs furent contraints de s'arrêter. Ce fut à une de ces fermes très isolées telle qu'il en apparaît une tous les trois ou quatre milles le long de la route de Portage-des-Prés. La maison était extrêmement pauvre. Elle ne contenait qu'une seule pièce, garnie, au fond, derrière le poêle, de plusieurs lits. Mais dès que Luzina entra chez eux, frissonnante de froid, l'homme et la femme de la maison s'avancèrent vers elle, souriants, les bras tendus pour la soulager de tous ses paquets. Ils la conduisirent au poêle, lui offrirent aussitôt à manger et cela avec tant d'empressement qu'elle ne pouvait mettre en doute la sincérité de leur accueil exprimé dans une langue étrangère. C'était bien comme elle l'avait pensé; l'être humain, lorsque le besoin pousse à espérer sa bonté, en trouve toujours à offrir.

Après le souper, Luzina se disposa à passer une soirée intéressante.

Elle se trouvait chez des Islandais, gens qu'elle n'avait pas encore eu le loisir de fréquenter. Elle observa qu'ils buvaient sans cesse du café très fort et qu'au lieu de mettre du sucre dans leur tasse, ils en plaçaient un morceau sous leur langue ou entre leurs dents avant de boire le liquide brûlant. Quand ils se mirent à causer dans leur idiome, elle fut encore plus captivée. Des particularités, des coutumes, une langue pour elle étrangères, tout cela, plutôt que de la rebuter, lui paraissait donner à la vie un attrait inépuisable.

Elle ne voulut pas demeurer en reste d'amabilité envers des hôtes aussi bienveillants. Et, quoiqu'elle ne fût pas assurée qu'ils la comprissent, elle se mit à expliquer le chemin à prendre pour atteindre sa maison dans l'île de la Petite Poule d'Eau. La visite était ce qui leur faisait le plus plaisir, dit-elle. Riant, elle convint que c'était l'habitude de vivre si loin du monde qui faisait que, lorsqu'elle en avait la chance, elle devenait si bavarde. Quand elle riait, par politesse les Islandais feignaient d'avoir envie de rire. Elle fouilla alors dans son sac, à la recherche de quelque petit souvenir qu'elle pût offrir aux enfants de la maison. Elle n'avait là que les crayons et les cartes postales achetés pour ses propres enfants; elle hésita beaucoup, mais estimant avec raison que ses enfants, eux, n'auraient pas hésité à partager leurs crayons avec les petits Bjorgsson, elle appela ceux-ci de la main; elle leur fit une distribution qui toucha beaucoup les parents, puisque, tout aussitôt, ils se levèrent pour offrir encore du café.

Au matin suivant, les voyageurs eurent une route un peu moins glissante; mais le ciel restait bas, tout brouillé. Il avait neigé quelque peu pendant la nuit. Le vent courait avec force dans cette neige fraîche, et il

était à craindre qu'une tempête s'élevât. Ils n'arrivèrent
à Portage-des-Prés que vers le milieu de l'après-midi,
ayant par deux fois dévié de la piste, transis de froid,
affamés, les yeux brûlés par le vent. Le pire du voyage
était encore devant Luzina.

V

Ces pays du Nord, de grêles et immenses forêts et de lacs aussi immenses, ces pays d'eau et de petits arbres ont, de tous, le plus capricieux des climats. Du jour au lendemain la glace fondit sur la route de Portage-des-Prés au ranch des Tousignant. Presque à vue d'œil la neige se mit à disparaître. On s'était attendu à un retour du froid, mais durant la nuit que Luzina passa au magasin, un vent du sud s'était élevé. Tiède, presque chaud, doux et humide, un grand vent d'espoir, il eût en tout autre temps réjoui le cœur de Luzina. Avec ce vent revenaient les sarcelles grises et rapides, le malard à col vert, l'oie sauvage au cri plaintif, les braves petites poules d'eau à jabot argenté, maintes espèces de canards, affairés et charmants, la grande tribu aquatique, compagne ineffable du printemps et de la confiance humaine en ces terres éloignées.

Cependant, en moins de vingt-quatre heures, le pays entier s'était transformé en une sorte de dangereuse fondrière. Sous la neige molle, le pied trouvait l'eau partout présente, l'eau partout affleurant.

Luzina décida quand même de partir. Ou bien elle réussirait à atteindre aujourd'hui sa maison, ou elle devrait patienter des semaines avant que la route ne fût séchée. Il lui restait pour ses enfants des cartes postales, qu'enfant elle-même elle ne pouvait plus attendre de leur donner afin de voir leurs grands yeux ingénus briller de plaisir. Pour Hippolyte, elle avait une belle cravate qu'il aurait l'occasion de porter à son prochain voyage, dans quelques mois. Le désir de raconter la réception des Bjorgsson la démangeait. Et, surtout, elle avait, cette année comme les autres, le cadeau des cadeaux, si précieux que Luzina n'osait le confier à personne et le gardait soigneusement enveloppé. Ce cadeau était censé être une grande surprise pour sa famille qui, au vrai, s'y attendait un peu, car, toujours généreuse, Luzina reviendrait sûrement les mains aussi pleines cette fois-ci que les autres. Sa joie, moins encore que le vent du printemps, le vent chaud, amical et vivant, ne pouvait différer plus longtemps à se répandre.

Hippolyte la gronderait de s'être mise en route par un jour pareil. Tant pis! Aujourd'hui, on pouvait encore risquer le voyage. Demain, l'occasion manquerait ou la route serait encore plus mauvaise. Elle ramassa ses effets et elle se prit à guetter, de la fenêtre du magasin, le moment où Nick Sluzick, arrivé depuis peu, serait prêt à repartir. Au fond elle n'avait pas gagné de temps d'être venue avec Abe Zlutkin plutôt qu'avec Ivan Bratislovsky, puisque, de toute façon, Nick Sluzick devait attendre le courrier apporté par celui-ci pour en commencer la distribution dans son territoire.

Enfin, Luzina vit que les sacs postaux étaient empilés à l'arrière du traîneau. Elle courut aussitôt s'y installer auprès de Nick Sluzick, plus morose que jamais. Sans bonjour ni salut, sans commentaire ni curiosité, le petit vieux Ukrainien se moucha dans ses doigts, puis appliqua un bon coup de fouet à sa jument.

Il était particulièrement renfrogné aujourd'hui. Il avait eu toutes les peines du monde à franchir certains endroits de la route, tout à fait inondés, et il redoutait un retour encore plus désagréable. Or, ce n'était pas pour sa peau de bique que Nick Sluzick craignait les trous d'eau. Il fallait plus qu'un bain glacé pour démonter Nick Sluzick. Mais il n'aimait pas voir les femmes courir des périls. Il n'aimait pas en général trimbaler les femmes, les enfants, les objets cassants, enfin tout ce qui était fragile. Dans le danger, il préférait être seul. Au reste, il préférait tout le temps être seul. Un homme avait besoin d'être seul pour penser à ses affaires. Aussi bien, si ce pays de la Poule d'Eau continuait à se peupler, il finirait, lui, Nick Sluzick, par chercher refuge plus au nord.

Ils arrivèrent devant une véritable mare. La Bella refusa de s'y engager. Le vieux éleva son fouet. Au bout de son nez rouge coulait l'habituel filet d'argent. Dans ses moustaches restaient des débris du repas de saucisson à l'ail et de pain qu'il avait mangé, debout, auprès du poêle du magasin, son couteau à la main, bien que le marchand l'eût invité à partager son repas. La Bella avait l'air de mesurer la profondeur de l'eau, d'une jambe recourbée qu'elle ramenait sous son ventre. L'eau fut à mi-jambes de la brave bête. Elle fut à mi-hauteur du traîneau; elle en atteignit le bord et fut sur le point d'y entrer. Luzina éleva son paquet le plus précieux au-dessus de sa tête, songeant moins à elle-même qu'à cet irremplaçable cadeau. Mais on avait dépassé le plus profond de l'eau. Luzina, les bras chargés, se recala tranquillement au fond du siège.

Vers la fin de l'après-midi, un des enfants Tousignant, posté sur les bords de la Petite Poule d'Eau,

entendit l'appel de corne par lequel il était convenu que
Luzina signalerait son arrivée sur la rive de la Grande
Poule d'eau.

Hippolyte et Pierre-Emmanuel-Roger mirent aussitôt la barque à l'eau. À la dernière minute, deux autres
enfants s'y installèrent. Hippolyte n'eut pas le courage
de les renvoyer, tant ils étaient impatients de revoir leur
mère. On rama en vitesse; on courut à travers la petite
île. De loin, ils voyaient déjà le traîneau arrêté et deux
formes humaines, l'une toute revêche, irritée de ce
délai, et l'autre, agitant la main, bouleversée, dressée
sur le siège.

On traversa la Grande Poule d'Eau; on était déjà à
portée de voix; on se hélait. Et alors, un peu amaigrie,
quelque peu pâlotte, mais riant de gêne, d'émotion, le
visage tout crispé de bonheur, Luzina mit pied à terre.
Et elle portait dans ses bras, ainsi qu'au retour de tous
ses autres voyages d'affaires, le bébé qu'à Sainte-Rose-
du-Lac elle était allée acheter.

L'ÉCOLE DE LA
PETITE POULE D'EAU

I

Dans un rayon de cinquante milles autour de la maison de Luzina, il n'existait en tout que deux écoles du gouvernement. L'une au nord, comprise dans la réserve indienne, n'était ouverte qu'aux enfants de la tribu saulteux[1]. L'autre école était plus loin encore, à dix-huit milles de route impossible. Elle était située au settlement de Portage-des-Prés. Cette colonie progressait. Sa population comprenant douze enfants, elle avait pu s'assurer une maîtresse d'école et quelques livres. L'inspecteur y venait de temps à autre, tous les deux ou trois ans, faire sa visite, quand un ensemble tout à fait heureux de circonstances lui en permettait l'accès, au mois de juin autant que possible, s'il n'avait pas plu depuis trois semaines au moins et si son auto résistait aux douze derniers milles de la piste. Il fallait que ces vingt et un jours consécutifs de beau temps requis pour

---

1. L'une des tribus indiennes, autrefois nomade, des Prairies, qui vit actuellement, ainsi que toutes les autres tribus ayant conclu un traité avec le gouvernement canadien, en des régions isolées où elles jouissent de droits exclusifs de pêche et de chasse. L'accès des réserves est généralement défendu aux Blancs.

sécher le chemin de Portage-des-Prés survinssent avant les vacances de l'inspecteur, qui commençaient au début de juillet. Il avait tout de même dû les retarder presque à chacun de ses voyages à Portage-des-Prés. Mais les avantages de la colonie ne réglaient pas le problème de l'instruction dans l'île de la Petite Poule d'Eau.

* * *

Encore une fois les canards prirent leur long vol vers le Sud. Les oies sauvages filèrent aussi au-dessus de l'île, venant de retraites encore mieux cachées au nord; elles ne nichaient jamais qu'à dix milles au moins de la plus proche des habitations des hommes; les sternes, les poules d'eau, les poules des prairies, les sarcelles décampaient. Le pays était sillonné de voies aériennes, comme visibles, et toutes occupées dans le même sens. Bientôt la Grande Poule d'Eau charria des îlots de neige. Elle aussi prit une allure vive, comme pressée de fuir, à cause de ces gros paquets blancs qu'elle entraînait et qui permettaient de mesurer la vitesse du courant. Avec tristesse Luzina voyait venir un autre hiver d'engourdissement, toujours sans institutrice et sans classes régulières. Même les enfants des Sauvages étaient mieux partagés que les siens; ils avaient une école, disait Luzina. Mais ici, comment faire! Or, un soir, en se berçant dans la cuisine, Hippolyte trouva une solution à ce casse-tête.

Jamais Hippolyte ne se berçait seul. Aussitôt qu'il s'installait dans la berceuse, trois ou quatre enfants venaient se «faire prendre». Il en mettait un sur chacun de ses genoux, deux autres sur les bras de la grande chaise et, ainsi chargée, ample et solide, la berceuse

partait pour une sorte de voyage, car, non seulement elle
berçait tous ses passagers, mais encore elle les promenait à travers la cuisine. Tout ce temps, Hippolyte fumait, puisque c'était son heure de détente. Naviguant à
toute allure et entourée d'une épaisse fumée, la chaise
était presque à la porte; Hippolyte réfléchissait et, tout
à coup, il entrevit le moyen. Il était simple; il ne s'agissait que d'y penser. Hippolyte arrêta quelque peu son
voyage; il enleva sa pipe: la fumée s'amincit. Hippolyte
annonça sans surexcitation la profonde découverte qui
allait transformer leur existence:

— Mais pour les enfants, la mère, j'y pense; on
pourrait écrire au gouvernement!

À peine prononcé, le mot introduisit dans la petite
maison des Tousignant un réconfort si satisfaisant, si
évident, qu'ils demeurèrent tout étonnés d'être si longtemps passés à côté. Hippolyte eut le plaisir de voir le
visage de Luzina réfléchir à son tour, s'absorber, s'épa-
nouir et, dans le même instant, le féliciter, lui, Hippolyte, de savoir toujours à qui s'adresser. Le gouvernement, bien sûr! Comment ni l'un ni l'autre n'y
avaient-ils pas encore pensé! Toutes sortes d'images
imposantes, solides et rassurantes, représentèrent en ce
moment le gouvernement à Luzina.

Il siégeait à Winnipeg, la plus belle ville qu'elle
déclarait avoir vue. Elle l'avait vue durant son voyage
de noces, en route pour la Petite Poule d'Eau. Il logeait
dans une maison tout en marbre importé d'Italie. Luzina
s'était laissé dire que la construction avait coûté plusieurs millions de dollars, et elle le crut absolument à
cette minute. Il ne devait pas y avoir au monde de
Parlement beaucoup mieux logé que celui du Manitoba.
Ce Parlement était surmonté d'une statue d'homme qui

avait des ailes et venait de France. On y accédait par un grand escalier, de marbre également. Presque tout était en marbre dans ce Parlement. De chaque côté de l'escalier, deux bisons, grandeur nature, paraissaient prêts à charger. Les bisons étaient l'emblème du Manitoba: des bêtes à grosse tête rentrée directement dans l'énorme bosse du cou, sans encolure ou tout en encolure selon le point de vue, et dont le pied semblait encore gratter furieusement le sol des Prairies. On les avait décimées et, maintenant, elles symbolisaient l'audace et la croyance au progrès de la province. Mais c'était par les écoles de Winnipeg que Luzina s'avisait avoir été surtout conquise. De grandes écoles à plusieurs étages, tout en fenêtres. Le gouvernement s'en occupait. Le gouvernement qui régnait derrière les deux bisons était des plus avancés en matière d'éducation. Il avait décrété l'instruction obligatoire avant qu'il n'y eût assez d'écoles pour tous les enfants et des routes pour y aller.

Confiante, Luzina déchira une feuille de son bloc de papier et elle écrivit au gouvernement. Elle rêva des bisons en bronze. Nulle province au monde ne devait posséder comme emblème des bêtes aussi puissantes. Le Canada lui-même n'avait qu'un castor. Dans ce rêve de Luzina des bisons fonçaient de partout à la fois contre l'ignorance des pays arriérés. Le lendemain, glace ou non, Hippolyte fut dépêché avec la lettre au-delà des deux rivières, au long de la piste, sur la terre ferme, à la rencontre du facteur. C'était le même qu'autrefois, un vieil original du nom de Nick Sluzick qui, depuis les dix ans qu'il annonçait son départ pour des pays plus tranquilles, moins habités, faisait toujours la navette entre le bureau de poste le plus reculé de la province et les dernières maisons du pays, tout juste avant la toundra éternelle.

Six semaines plus tard, au même endroit, Nick Sluzick en grognant tira d'un des sacs postaux une lettre adressée aux Tousignant. Pierre-Emmanuel-Roger, qui était envoyé en reconnaissance tous les vendredis, la trouva dans leur boîte aux lettres, au creux d'un vieil arbre gelé à mort. Dans un coin de l'enveloppe il y avait un bison surmonté d'une croix, le tout gravé en relief noir sur blanc et très impressionnant. Tout de suite Pierre en comprit l'importance. Il fit à la course le trajet de la boîte aux lettres à la maison, un peu plus d'un mille. Il aurait bien pu enfoncer dans la Petite Poule d'Eau, tant il négligeait d'examiner si la glace sous ses pieds était assez bien prise. Luzina l'attendait sur le seuil, par un froid de trente au-dessous de zéro, les joues en feu.

— Y a le buffalo[2], lui apprit Pierre.

— Le buffalo!

Elle entrevoyait l'énormité de la puissance à laquelle elle s'était adressée. La belle enveloppe que convoitait Pierre vola en petits bouts. «Dear Mrs. Tousignant», commença de lire Luzina. Elle ne comprenait pas beaucoup l'anglais, mais assez pour saisir les bonnes nouvelles. Il lui sembla comprendre que le gouvernement s'excusait d'abord d'avoir fait attendre si longtemps sa réponse. Il disait que, ne connaissant presque pas le français, il avait dû faire appel à son collègue québécois, Jean-Marie Lafontaine, au service des Titles and Land, lequel l'avait aidé à traduire la lettre de Luzina.

---

2.   Le bison est improprement appelé «buffalo» dans l'Ouest canadien.

C'était bien de la confusion apportée au gouvernement par sa faute, et Luzina en rougit quelque peu. De plus, expliquait le gouvernement, la lettre de Luzina adressée au Gouvernement de l'Instruction avait mis beaucoup de temps à trouver les bureaux du Department of Education et, entre tous ces bureaux, celui de Mr. Evans qui s'occupait justement de requêtes telles que Luzina en avait présenté. C'était donc lui qui répondait à Luzina. Elle examina la signature et vit en effet qu'elle correspondait avec les caractères écrits plus bas, beaucoup plus lisibles, à la machine à écrire. Mais tout cela n'était que les préliminaires, si aimables fussent-ils. Luzina arriva à l'essentiel dans le deuxième paragraphe.

Dans ce deuxième paragraphe de sa lettre, le gouvernement exposait à Luzina qu'elle ne s'était pas trompée en l'estimant très intéressé à l'éducation. Il se disait désolé d'apprendre qu'en des régions telles qu'en habitait Luzina, il y avait apparemment de futurs citoyens privés d'école. Tout cela était à changer le plus rapidement possible, et tout cela changerait, promettait le gouvernement, car c'était bien par l'éducation qu'une nation s'élevait. En conséquence, il se disait prêt à envoyer une institutrice dans l'île de la Petite Poule d'Eau à partir du mois de mai, pour quatre ou six mois, selon que la température et les routes le permettraient, à deux conditions:

Premièrement, qu'il y eût une petite bâtisse ou tout au moins une pièce de la maison qui servirait d'école. Deuxièmement, que le nombre des écoliers fût au moins de six ayant tous atteint l'âge de l'inscription scolaire.

Le gouvernement se prétendait obligé de se montrer assez sévère sur ce dernier point: à moins de six élèves qui ne seraient ni trop vieux ni trop jeunes, il ne pouvait, à son grand regret, qu'encourager Luzina à attendre d'avoir plus d'enfants ou quelques voisins qui auraient aussi des enfants. Si ces conditions étaient satisfaites, il enverrait une institutrice et il paierait lui-même, de sa propre bourse, le traitement du *school teacher*. Eux, les Tousignant, auraient à fournir l'abri, la nourriture, l'hospitalité.

L'hospitalité, pensez-vous! La mine affairée, les yeux brillants, Luzina était déjà prête à tout renverser pour recevoir sa maîtresse d'école qu'elle voyait presque arrivée, débouchant des roseaux, sa petite valise à la main.

Elle vit aussi à quel point elle avait été bien inspirée de ne pas s'arrêter une seule année de mettre au monde de futurs écoliers. Aurait-elle eu besoin d'encouragement que ce dernier règlement de l'instruction touchant le nombre des élèves n'aurait pas eu pour effet de ralentir Luzina.

À l'heure qu'il était, elle put répondre au gouvernement qu'elle avait cinq enfants en âge d'aller à l'école, qu'un sixième, Joséphine-Yolande Tousignant, aurait six ans dès le mois de juin, et qu'il lui semblait à elle, Luzina, que le gouvernement pourrait passer sur une aussi légère infraction aux règlements, vu que Joséphine serait tellement proche de ses six ans quand la classe ouvrirait. Elle espérait bien, écrivit-elle, ne pas être obligée d'attendre toute une autre année, rien que par la faute de Joséphine. Quant à espérer une autre famille assez près de chez elle, elle disait que cela les retarderait encore bien plus que Joséphine.

II

La lettre à peine partie, Luzina aurait voulu voir Hippolyte à la construction de l'école. Plus vite ils auraient rempli les conditions du gouvernement et moins, à son avis, celui-ci pourrait les envoyer promener. À sa confiance toujours très grande envers le pouvoir du gouvernement s'ajoutait, maintenant qu'il lui devenait plus familier, une certaine petite dose de méfiance quant à la réalisation des promesses. «Ils ne pourront pas se dédire si on se met en frais de bâtir une école», avait calculé Luzina. Mais rien ne pressait tellement, au dire d'Hippolyte. Il fallait tout de même attendre que la neige disparût. Que la terre fût même un peu dégelée. La mère n'avait pas à se tracasser, promit-il, l'école irait vite dès qu'il pourrait s'y mettre. Elle, cependant, affirmait qu'elle ne dormirait pas tranquille tant que la charpente ne serait pas montée. On ne savait jamais; il pourrait y avoir des élections provinciales, des changements de gouvernement. Ce bon et sympathique Mr. Evans lui-même pourrait être remplacé. Le caractère de Luzina, sous l'influence de l'ambition, des hauts et des bas qu'elle introduisait dans son cœur, de placide qu'il avait été, connaissait l'inquiétude, l'exaltation.

L'emplacement à choisir l'occupait déjà. Tantôt Luzina voulait l'école tout près de la maison afin d'entendre à travers ses occupations ménagères le grave et gentil murmure des enfants à leurs leçons; tantôt elle l'imaginait un peu plus éloignée, une petite maison solitaire et recueillie comme il sied peut-être mieux à un temple de l'éducation. L'école où elle avait elle-même appris ses lettres était située en rase campagne, à un demi-mille de la prochaine ferme. C'était la mode, en ces temps, dans les plaines du Sud, de placer l'école loin des habitations, comme si elle devait rester à part de la banale vie quotidienne. Luzina se voyait toute jeune enfant courant à perdre haleine pour ne pas arriver en retard; deux longs milles déserts s'étendaient devant elle; à son bras tintait le petit seau dans lequel elle apportait son manger; elle ne pouvait jamais s'asseoir en route à cause de son tablier amidonné; souvent elle avait une belle pomme rouge à la main pour la récréation. Ah, c'était le bon temps! Toute à ses souvenirs, Luzina eut alors la singulière idée de placer l'école à l'extrémité nord de l'île, dans un petit bois de peupliers, au-delà du marais. Le bon Hippolyte était prêt à bien des concessions dans ce projet d'école qu'elle avait formé la première. Mais il objecta assez raisonnablement que, s'ils envoyaient les enfants si loin pour apprendre, Luzina aurait à leur préparer un repas à emporter tous les jours, que cela ferait beaucoup d'ouvrage, qu'en outre il trouvait un peu fou de faire manger les enfants à l'autre bout de l'île alors qu'ils avaient ici même une table, un poêle, de la vaisselle, tout ce qu'il fallait.

Oui, mais est-ce qu'Hippolyte lui-même, quand il était enfant, n'avait pas dû parcourir deux milles pour atteindre l'école? Est-ce que l'école par chez lui n'avait pas été absolument isolée comme c'était presque toujours le cas dans le Sud?

Bien sûr, sa petite école à lui avait été fine seule sur une montée solitaire, accompagnée de sa provision de bois de chauffage et de deux petites cahutes un peu à l'écart de l'école et marquées, l'une de l'inscription: GARÇONS; l'autre de: FILLES. Mais quelle était la raison de cet éloignement? C'était tout simplement parce que toutes les familles se battaient dans les Prairies pour avoir l'école à leur porte. Pas une qui voulait céder sur ce point. Alors, il avait bien fallu, pour contenter tout le monde, placer l'école à égale distance autant que possible de toutes les fermes. Ils n'avaient pas ici, Dieu merci, pareille raison d'agir. De plus Hippolyte craignait que la maîtresse d'école n'eût pas de chaussures convenables pour traverser le *muskeg*[3].

— Si c'est une fille de la ville, dit Hippolyte, elle est bien capable de s'amener en petits souliers de cuir verni.

Dès qu'il fut question d'épargner la maîtresse d'école, Luzina rapprocha l'école. D'ailleurs, elle n'avait pas sérieusement entretenu l'idée de la faire bâtir tout à fait si loin. Elle l'avait entretenue pour la forme, pour le plaisir de goûter l'avenir sous des aspects variés, multiples et changeants, ce qui ajoutait beaucoup, selon l'avis de Luzina, à la joie des projets.

Enfin, un beau jour, Hippolyte lui demanda:

— Eh bien, pour l'école, t'es-tu enfin décidée, sa mère? Me v'là paré à enfoncer les premiers pieux.

---

3. Marais, en langue indienne.

Le cœur lui manqua alors d'éloigner sa petite école. Hippolyte avait raison, au fond. C'étaient les chicanes qui mettaient l'école à part dans le Sud. Elle sortit, un châle sur les épaules, et elle indiqua un endroit, un peu en retrait de la maison, à peine éloigné pourtant, tout juste derrière la cuisine.

— Là, dit Luzina.

C'en était fait; enfin elle ne pourrait plus changer d'idée, et elle en était presque soulagée.

L'école se dessina vite, une petite maison carrée, bâtie de rondins comme l'habitation principale. Elle se présentait un peu de biais, entre deux bouleaux blancs, étroitement alliée à la maison, telle une dépendance fidèle, et, cependant, avec sa porte individuelle et ses deux marches de perron. Il avait été assez compliqué de l'orienter entre les frêles bouleaux que Luzina ne voulait absolument pas sacrifier et qu'elle voulait, autant que possible, un de chaque côté du seuil.

Elle progressait vraiment bien. À tout instant, les enfants accouraient.

— Maman, le père a percé un autre châssis. Le père dit qu'il faut beaucoup de clarté dans une école. Ça fait trois châssis, Maman!

Luzina courait voir. Hippolyte, à mi-hauteur d'une échelle, enfonçait des clous. Il en avait une provision dans la bouche et, en parlant, pinçait les lèvres d'un côté et les retroussait de l'autre. Au pied de l'échelle se tenaient presque tous les enfants. Ils suivaient les progrès de la construction, graves et intéressés, comme des citoyens, dans leur ville, d'importants travaux publics. La nature gaie de Luzina, après les accès de doute et d'énervement que provoquent, à leur début, les hauts projets, avait repris le dessus. Maintenant que l'école était en marche, allez donc lui faire entendre que quelque ennui pourrait se mettre en travers! Elle partit un jour, d'un beau rire clair, satisfaite d'elle-même.

— Hein, le père Tousignant, je sais pas s'il y a beaucoup de familles comme nous autres pour avoir leur école et leur maîtresse à eux autres tout seuls!

C'était ce qui l'enchantait au-delà de tout: une école pour la seule famille Tousignant, l'impression qu'ils devaient être en quelque sorte spécialement bien vus du gouvernement. La colonie avait été obligée d'attendre d'avoir douze enfants avant d'obtenir une maîtresse. D'autres hameaux restaient encore privés d'école. Quoique peu portée à se gonfler, elle ne pouvait pas ne pas être envahie par le sentiment que le gouvernement était de son côté. N'avait-il pas déjà excusé l'âge de Joséphine. Il avait écrit qu'il suffisait que Joséphine eût ses six ans dans les trois mois qui suivraient l'ouverture de la classe pour satisfaire à ses règlements. Et voici que, cette faveur à peine consentie, le gouvernement écrivit de nouveau, cette fois pour s'informer poliment auprès de Luzina du nom qu'elle entendait donner à la nouvelle école.

Promue pour ainsi dire présidente et secrétaire de sa propre commission scolaire qu'elle constituait à elle seule, Luzina en sentit vivement les responsabilités. Oh, il faudrait trouver un beau nom d'école qui ne décevrait pas le gouvernement! Luzina signifia à Hippolyte d'avoir lui aussi à se creuser la tête. Ils passèrent d'abord en revue les particularités géographiques de la région, attentifs au secours qu'elles offraient à l'imagination. Une petite rivière entourait l'île sur ses versants ouest et nord: c'était la Petite Poule d'Eau. Elle se déversait dans une plus grande rivière qui finissait d'encercler l'île et qui, naturellement, se nommait la Grande Poule d'Eau. Toute cette eau venait d'un lac beaucoup plus au nord qui, naturellement, était le lac de la Poule d'Eau. L'île, parce qu'elle appartenait à un nommé Bessette, marchand à Portage-des-Prés, s'appelait toutefois l'Île-à-Bessette. Mais on ne pouvait tout de même pas nommer l'école d'après son propriétaire qui s'intéressait tout juste au profit qu'il pouvait tirer de son île et n'y avait rien fait pour l'éducation. Au contraire, rappela Hippolyte, si quelqu'un avait mis des bois dans les roues, c'était bien Bessette. Sans en parler à Luzina, Hippolyte avait déjà sondé le marchand au sujet de l'école. Oui, exactement. Et qu'avait répondu le gros richard? Il avait répondu que l'école finirait par coûter cher; que le gouvernement, au début, aux fins de paraître magnanime, paierait de sa poche les appointements de la maîtresse; mais qu'ensuite, il les ferait sûrement payer par les propriétaires; que ce serait encore des taxes et que lui, Bessette, payait déjà assez de taxes comme cela; qu'il était le seul à acquitter les taxes dans le pays et qu'il en avait plein le dos.

«Beau dommage, commenta Hippolyte, qu'il paye toutes les taxes, puisque tout le pays lui appartient. Un profiteur!» résuma-t-il. Non seulement il ne se contentait pas d'avoir eu toute l'île à peu près pour rien en graissant quelqu'un du gouvernement, mais maintenant il était contre l'instruction parce que l'ignorance gardait la population à sa merci. Ils feraient mieux de se méfier tous ensemble du marchand Bessette, conclut Hippolyte. Bessette avait même laissé entendre qu'il ferait obstacle au projet d'école, et on ne savait pas s'il n'y parviendrait point, car il avait des amis au gouvernement.

Peu vindicative pour son propre compte, Luzina épousait les querelles d'Hippolyte.

— Ah bien, si c'est comme ça, dit-elle, t'as cent fois raison; on nommera jamais notre école d'après cet homme.

D'autant plus, fit remarquer Hippolyte, que l'île ne s'appelait pas du tout l'Île-à-Bessette. Longtemps avant Bessette et les autres, les missionnaires français avaient passé par ici et c'étaient eux qui avaient correctement nommé les endroits.

C'était vrai. L'île ne s'appelait pas réellement l'Île-à-Bessette. Les habitants la désignaient ainsi par besoin de simplification et pour la différencier d'un archipel de petites îles à l'entrée du lac, qui avaient nom: les Petites Îles de la Poule d'Eau. En réalité leur île s'appelait: La Grande Île de la Poule d'Eau. Les Français en avaient décidé ainsi il y avait au moins vingt-cinq ans. Des hommes qui venaient par ici pour évangéliser, civiliser, soustraire les Sauvages à l'exploitation des marchands de fourrures. Non pas pour s'enrichir. Sous le coup du patriotisme, de la fidélité aux missionnaires, Hippolyte suggéra:

— Si on appelait notre école, l'école de la Petite Poule d'Eau, Luzina!

Elle fut conquise. La Petite Poule d'Eau, bien sûr! Comment avaient-ils pu encore une fois passer si longtemps à côté de l'évidence! La Petite Poule d'Eau! La justice, la vérité seraient ainsi rétablies. D'ailleurs, quel nom pouvait mieux convenir à une école située en plein pays de poules d'eau? Au moment même de ces délibérations, si on y avait fait attention, on aurait entendu leurs glissements d'ailes entre les roseaux humides, leurs petites querelles, leurs cris aigus, sauvages, que l'on ne remarquait plus tant c'était la vie d'ici, cette note plaintive et non point sans douceur triste cependant. On aurait vu passer leurs milliers d'ailes grises dans la monotonie de l'eau, du ciel et des roseaux.

Luzina s'était fait venir de chez Bessette (il fallait bien y passer, il était le seul à tenir magasin) du papier à lettres accompagné d'un guide-âne pour toutes ses écritures au gouvernement. Sur ce papier elle confiait aux autorités la décision à laquelle ils s'étaient arrêtés. Quelle ne fut pas sa déception en recevant la nouvelle communication du gouvernement d'y découvrir l'espèce de charabia qui devait désormais servir de signe de référence entre Luzina et le ministère de l'Instruction publique dans toutes leurs affaires: *Water Hen S.D. n° 2-678!*

Il devait y avoir un malentendu. Attachée comme un enfant à ce qui lui avait demandé tant de peine et, en définitive, lui donnait de la joie, Luzina ne pouvait se consoler. «C'est pas le nom que j'ai choisi. Ils m'ont changé mon nom», se plaignit Luzina.

Hippolyte demanda à voir la lettre de plus près.

— Bien non, prouva-t-il. Water Hen: Poule d'Eau.

— Mais tous ces chiffres? Et S.D.?

— S.D., ça doit être School District.

Les chiffres cependant ne dirent rien à leur imagination pendant longtemps. Hippolyte finit par croire qu'ils devaient signifier la deux mille six cent soixante-dix-huitième école de la province.

Tout de même, jamais Luzina n'aurait cru que les mots pussent tant perdre à la traduction. En anglais leur poule d'eau était tout à fait méconnaissable. Mais elle avait trop reçu du gouvernement pour ne pas ravaler son désappointement. En répondant à Mr. Evans, elle s'appliqua à copier minutieusement les chiffres, les abréviations et jusqu'au trait qui soulignait la référence. Alors survint la question de l'estrade.

L'école était presque finie. Elle avait trois fenêtres pas tout à fait égales, une porte qui fermait assez bien, un plancher de grosses planches les unes un peu plus épaisses que les autres, mais qui sentait le bon pin. Cependant, il y avait le problème de l'estrade. Hippolyte s'en vint chercher l'avis de Luzina sur ce point qui devait les embarrasser presque autant que l'emplacement de l'école.

— Sa mère, penses-tu que je devrais faire une estrade?

— Une estrade! C'est-y nécessaire?

Évidemment non. Quant à cela, ni l'école, ni la maîtresse n'étaient absolument nécessaires. Ils étaient embarqués dans ce qui n'était plus strictement nécessaire, et voilà comment le problème devenait délicat. Hippolyte ne savait trop à quoi se résoudre. L'école qu'il n'avait fréquentée que quelques années en tout paraissait liée dans son esprit à une estrade. L'estrade était peut-être favorable aux relations entre maître et écoliers. Tel qu'il le voyait, le maître devait dominer les élèves, leur parler de haut pour ainsi dire. Cela devait être ainsi qu'il fallait procéder: placer le maître plus haut que les enfants. D'autre part, l'estrade faisait peut-être démodé maintenant. Et d'abord, est-ce que dans l'école où Luzina allait, enfant, il y avait eu une estrade? Non, se rappela Luzina, mais ce n'était pas une raison pour y renoncer.

Ils s'assirent tous deux aux petits pupitres pour réfléchir. Hippolyte les avait construits avant la porte, pendant les pluies qui avaient duré trois semaines d'affilée. Ils étaient en bois franc, un peu rugueux aux doigts, avec des éclisses qui retenaient la laine des vêtements, mais ils étaient assortis à la taille des élèves.

Il y en avait un passablement grand pour Pierre-Emmanuel-Roger, quatre autres qui variaient en hauteur et, enfin, un tout petit pour Joséphine. Ce petit pupitre de Joséphine avait d'ailleurs deux répliques assez exactes rangées dans le fond de la classe parmi des amas de copeaux. Tous les enfants avaient constamment entouré Hippolyte dès qu'il s'était mis à la construction des pupitres. De les voir si nombreux autour de lui, Hippolyte avait cru bon, pendant qu'il y était et puisque la pluie durait, de prendre un peu d'avance. Et c'était ainsi qu'il y avait dans l'école, au dire d'Hippolyte, «deux pupitres de *spare*». Hippolyte était vraiment adroit. Il avait creusé au couteau un petit enfoncement à peu près rond dans le haut de chaque pupitre pour y placer un encrier; une rainure devait retenir les crayons et les porte-plume. Le dessus de chaque pupitre n'était pas d'une seule planche, mais de deux, dont l'une, reliée à l'autre par des charnières, pouvait être soulevée, découvrant une commode et large boîte qui servirait à ranger livres et cahiers. Mais tant de commodités ne réglaient pas la question de l'estrade.

Plus Luzina y pensait, et plus il lui semblait que l'estrade était nécessaire. L'estrade conviendrait bien à la maîtresse lorsqu'elle y serait assise. On la verrait mieux; on l'entendrait mieux. L'estrade ferait tout à fait école.

Sur ces entrefaites, les Tousignant apprirent le nom de leur maîtresse dans une lettre qu'elle leur écrivit. Elle s'appelait mademoiselle Côté. Fort embarrassée des moyens à prendre pour atteindre la Petite Poule d'Eau, mademoiselle Côté s'adressait aux Tousignant. Ils paraissaient être les seules personnes à connaître le chemin compliqué de leur retraite. Au ministère de l'Instruction publique, on n'en avait qu'une idée incertaine. Tout ce que l'on savait, c'était que l'école *n° 2-678* devait se trouver dans une île bordée de deux rivières, quelque part entre le lac Winnipegosis et toute une série de plus petits lacs; qu'il devait bien exister quelque sorte de communications avec l'extérieur. Étaient-ce des chemins, des rivières, des lacs? L'Instruction publique croyait comprendre que toute cette région était peut-être desservie par un canot à moteur au service des Indiens du pays, mais ce transport relevait du ministère des Affaires indiennes.

Certainement, pensa Luzina, mademoiselle Côté n'avait pas passé par Mr. Evans qui, obligeant comme il l'était, l'aurait mieux dirigée. La pauvre mademoiselle Côté avait dû avoir affaire à quelque autre personne qui n'était pas au courant des nombreuses communications entre Luzina et le gouvernement. Elle fut saisie d'inquiétude. Mademoiselle Côté, mal conseillée, pourrait fort bien aller courir jusqu'à Winnipegosis y prendre le bateau des Indiens qui, à sa sortie du lac Winnipegosis, empruntait effectivement la Grande Poule d'Eau et passait ainsi à leur porte. Mais c'était un petit bateau découvert, sans abri en cas de pluie, toujours rempli d'Indiennes point très propres. Ces gens-là avaient des poux. De fortes tempêtes s'élevaient parfois sur le lac Winnipegosis. De leur petit débarcadère sur la Grande Poule d'Eau, Luzina avait souvent vu passer le bateau du gouvernement; les voyageurs y étaient trempés, fatigués par le roulis et confondus avec les sacs de farine, les caisses de lard que transportait encore le canot; cette façon de voyager lui avait paru bien primitive. Il y en avait une autre beaucoup plus agréable pour atteindre la Petite Poule d'Eau. Luzina se mit en frais de l'expliquer point par point à sa maîtresse et en se hâtant. C'était bien juste maintenant pour que mademoiselle Côté reçoive la lettre à temps.

Elle devrait prendre les «gros chars» jusqu'à Dauphin. Là, elle devrait changer de train et il se pouvait qu'elle eût à y attendre celui de Rorketon une demi-journée et peut-être toute une journée. Luzina expliqua pourquoi. Le petit train de Rorketon chargeait parfois des traverses pour la voie ferrée, et, souvent, des bidons à lait vides; d'autres fois, il partait sans chargement. C'était dire qu'on ne pouvait prévoir l'heure de son départ. Mais, si mademoiselle Côté trouvait l'attente trop longue à la gare, elle serait bien reçue chez une amie de Luzina, une dame Lallemand, autrefois du Québec, qui habitait une petite maison blanche tout à côté de la quincaillerie d'un nommé Harrison, à Dauphin. Mademoiselle Côté n'avait pas à se gêner d'aller se reposer chez cette dame. Elle devait faire attention toutefois de n'y pas rester trop longtemps, au cas où le petit train de Rorketon serait chargé plus vite qu'il n'était prévu. Mademoiselle Côté devrait coucher à Rorketon. Luzina donnait l'adresse d'une autre connaissance, une dame Chartrand, chez qui la maîtresse trouverait une chambre propre à bon marché. Mais, précisait Luzina, il fallait absolument arriver à Rorketon un jeudi afin d'établir la correspondance, le lendemain, un vendredi, avec le courrier de Rorketon à Portage-des-Prés. Autrement mademoiselle Côté aurait à attendre toute une semaine le départ du prochain courrier, et ce ne serait pas drôle. En arrivant à Rorketon, mademoiselle Côté se mettrait donc en quête du courrier. Il se nommait Ivan Bratislovsky, et on le trouvait à la poste ou au relais-sellerie de Rorketon. Il était facilement reconnaissable à un bonnet en poil de chat sauvage qu'il portait presque jusqu'à la mi-juin. Il convenait de se méfier des exigences peu scrupuleuses d'Ivan Bratislovsky envers les étrangers. Le prix du voyage était de deux dollars, et il ne fallait pas donner un cent de plus à Ivan Bratislovsky, même s'il se plaignait d'être sur la paille, ce qui n'était pas vrai du tout. À part ce défaut de forcer les prix quand il en avait l'occasion, Ivan Bratislovsky n'était pas dangereux. C'était un homme à sa place. Mademoiselle Côté n'avait pas à redouter de voyager seule avec le petit Ruthène. Avec lui elle atteindrait donc Portage-des-Prés. Elle devrait y changer de facteur. À partir de Portage-des-Prés, elle voyagerait avec leur facteur à eux, de l'île de la Petite Poule d'Eau, un Ukrainien du nom de Nick Sluzick. Celui-ci aussi, parfois, essayait d'arracher aux étrangers plus que le prix convenu. Dans le pays, ici, on ne lui donnait que cinquante cents, et on trouvait que c'était assez puisque Nick Sluzick devait faire le voyage de toute façon. Libre à mademoiselle Côté de lui donner un peu plus si elle le voulait, mais pas beaucoup plus. Nick Sluzick dirait peut-être que ça prenait plus de gazoline pour deux personnes. Il ne fallait pas l'écouter. Deux personnes n'en prenaient pas plus qu'une seule, et tout le monde dans l'île de la Petite Poule d'Eau avait bien hâte de voir arriver leur maîtresse et lui envoyait d'avance des remerciements et la bienvenue.

Enfin, c'était fini. Luzina ne croyait avoir oublié aucune des déconvenues qui pourraient guetter mademoiselle Côté, aucun piège, mais elle n'était pas pour cela si fière de sa lettre.

Elle aimait naturellement écrire des lettres. Écrire au gouvernement ne l'avait pas trop embarrassée. Le gouvernement était bien un peu responsable de l'ignorance dans l'île de la Petite Poule d'Eau puisqu'il avait attendu tant d'années pour leur donner une école. D'ailleurs, le fait que le gouvernement ne connaissait guère le français l'avait mise à l'aise; il ne relèverait pas les fautes d'orthographe de Luzina. Les réponses du gouvernement, dactylographiées et en anglais, ne l'avaient pas énormément troublée. C'était la lettre de la maîtresse, d'une belle calligraphie absolument droite et sans ratures, qui, lui révélant la perfection que pouvait atteindre une lettre dans la forme et dans le fond, accablait Luzina. Désormais elle ne serait plus tout à fait heureuse en écrivant. Mais le sort en était jeté. Luzina l'avait fixé pour toujours dès le moment où elle avait fait appel à l'instruction. Sa destinée serait maintenant d'écrire. D'écrire sans fin. D'écrire jusqu'au bout de ses jours.

III

Les cadeaux du gouvernement arrivèrent. La grosse caisse contenait une boîte de craie blanche, des livres de lecture anglais et, très exactement, six brosses à effacer. Le planisphère avait voyagé à part. D'un fort et gros papier glacé, fixé le long d'un cylindre de bois, il pesait bien quinze livres. Nick Sluzick éprouva une peine de chien à le caser dans sa vieille Ford. Il fallut le glisser de travers à l'arrière de l'automobile, entre les sacs postaux; mais une bonne partie de la carte resta au dehors, et elle accrocha toutes sortes de branches aux passages les plus étroits du trail.

Exposée dans l'école, la mappe du monde en prenait tout un pan. Elle se dévidait et s'enroulait sur elle-même comme un store bien actionné. L'on n'avait qu'à tirer la ficelle du bas et les terres australes apparaissaient; ensuite l'Australie, la Nouvelle-Zélande, cette partie du monde où, dit Luzina, il faisait nuit pendant que chez eux c'était le jour. Que de mystères! Sur ce, Nick Sluzick trimbala une autre carte, celle-ci du Manitoba et très détaillée. Le vieux Nick avait cru se charger de rouleaux de papier-tenture, et il se demandait comment les Tousignant pouvaient utiliser tant de papier en une si petite maison. En étaient-ils à tapisser la bergerie? La maîtresse était déjà en route. Le soir, avant de se coucher, les Tousignant avaient dit:

— Mademoiselle Côté a pris les chars à l'heure qu'il est.

Au matin, Luzina musa à voix haute:

— La voilà arrivée à Dauphin.

Vers le milieu de l'après-midi, elle assura:

— À moins qu'il y ait eu bien des traverses à charger, mademoiselle Côté doit avoir dépassé Sainte-Rose-du-Lac, et le train s'en vient à reculons.

Depuis longtemps, la chambre de mademoiselle Côté l'attendait. Voici comment Luzina s'y était prise pour libérer une pièce à l'intention de la maîtresse: poussant, tirant, elle avait déménagé un petit lit dans sa propre chambre; son grand lit tassé contre le mur, elle avait réussi à faire entrer ce petit lit de plus; un autre lit avait pris le chemin de la cuisine où il était assez bien dissimulé derrière un pan de draperie déteinte. De la sorte, il y avait dans la maison Tousignant une chambre qui paraissait extrêmement grande, riche, une chambre étonnante qui ne contenait qu'un seul lit.

Luzina n'en avait jamais fait autant, même pour le capucin qui venait une fois par année les confesser et célébrer la messe dans la salle à côté de la cuisine. D'ailleurs, il avait lui-même craint par-dessus tout de causer des embarras et avait demandé à coucher sur le sofa de la salle. Mais on aurait pu accuser Luzina de se mettre plus en frais pour la maîtresse que pour le Bon Dieu, et elle tâcha de se justifier.

— Notre vieux missionnaire, dit-elle, est habitué à la vie dure, tandis que notre maîtresse, c'est peut-être une fille qui n'a jamais connu que ses aises jusqu'ici.

Hippolyte s'était rasé. Deux heures à l'avance, il avait sa casquette de cérémonie sur la tête.

— Je crois bien qu'il est temps de partir.

Les heures du courrier étaient fort indécises. Mais jamais il n'arrivait à la hauteur de la Grande Poule d'Eau avant la fin de l'après-midi, et il s'en fallait encore de plusieurs heures que le soleil commençât à baisser.

— Oui, pars, dit Luzina. Tu vois cette pauvre fille descendre dans la boue jusqu'aux genoux au bord de la Grande Poule d'Eau qu'elle n'aurait aucune idée de savoir comment traverser.

Elle s'en fut elle-même donner un dernier coup d'œil à l'école. Dans cette grande île, à peine peuplée, la petite école tout naturellement était devenue l'endroit où elle allait de préférence chercher la solitude et le silence.

Rien n'y manquait de l'atmosphère et des objets propices à l'instruction. Hippolyte n'avait pas oublié les tableaux noirs. Il avait utilisé un épais papier goudronné qui servait dans le pays comme isolant ou comme revêtement des toitures et dont il leur était resté un rouleau après la construction de l'habitation. La craie prenait assez bien sur ce papier à gros grain.

Luzina monta l'unique degré de l'estrade. Elle eut l'idée de s'asseoir au pupitre de la maîtresse pour s'aider à voir un peu ce qui allait se passer dans l'île de la Petite Poule d'Eau. Était-ce parce qu'elle était assise sur la chaise même de la maîtresse, tout en haut de l'estrade, que Luzina vit en effet beaucoup plus loin et largement que de coutume? Elle vit le progrès venir à eux. Il y avait treize ans, elle était arrivée ici par une piste à peine visible. Peu à peu l'herbe avait été tassée par le passage des charrettes, et on avait pu voir au bout de quelques années une espèce de route assez bien marquée. Ensuite ils avaient reçu le courrier une fois par semaine. Mais attendez! L'année où avait été inauguré le bureau de poste de Portage-des-Prés, cette même année le marchand Bessette s'était acheté une auto. Deux ans plus tard, Nick Sluzick roulait à son tour, pendant l'été, dans une vieille Ford. Et maintenant, une maîtresse d'école était en route vers l'île de la Petite Poule d'Eau. Ah! il n'y avait pas de doute possible: la civilisation, le progrès soufflaient de ce côté-ci comme le vent du dégel.

Luzina ne pouvait plus tenir en place. Elle prit le bébé dans ses bras, et, suivie de quatre autres enfants, elle alla se poster au bord de la Petite Poule d'Eau. C'était une journée fort chaude pour le mois de mai. Il y soufflait un vent du sud-ouest, un peu humide et qui chantait à travers le grand pays silencieux. Luzina en tête, le petit groupe se dressait sous le ciel, dans ce vent des espaces qui faisait voltiger les cheveux et le châle du bébé.

C'était une journée comme Luzina ne se figurait en avoir vu aucune. Sur les deux bords de la rivière et presque jusqu'en son milieu, les grandes feuilles des roseaux s'agitaient. L'île voisine en était aussi recouverte; ils continuaient au loin, de plus en plus resserrés à mesure qu'ils approchaient du lac Winnipegosis.

À cette saison, les rejets de l'année étaient peu hauts. Ils ne formaient encore que ce fond humide de verdure qui plaisait à Luzina. Mais des roseaux de l'année dernière restaient debout. Ils étaient élancés, grêles, avec leur plumet effiloché à la pointe duquel parfois un oiseau virait sur l'aile. De longues tiges brisées en leur milieu pendaient, s'enchevêtraient et s'affaissaient sur les jeunes touffes vivantes. Quelques feuilles leur restaient, en lames pointues ou cassées et racornies, prêtes à s'effriter. Toute cette végétation morte était décolorée, d'une teinte douce et pâle comme la paille et, même quand le vent se taisait, sans paraître bouger, elle faisait entendre un froissement sec, un peu triste, stérile et continuel. Elle aurait pu rappeler la mélancolie de l'automne, sans le soleil qui en tirait des reflets dorés et les oiseaux du Sud, innombrables entre les hautes baguettes bruissantes. De partout, Luzina entendait le floc des plongeons et le jeu des jeunes canards qui s'ébrouent au sortir des flaques. On les voyait peu; seule, une petite mère cane venait quelquefois d'un œil brillant inspecter les alentours. Elle lançait quelques «couac couac» énergiques, puis nageait au loin, son petit train arrière un peu soulevé, en colère contre tout le monde sur la rive. Ces petites femelles avaient l'humeur et le bec hardis. Au contraire, derrière Luzina, sur la partie la plus haute de l'île, les brebis se plaignaient plus que d'habitude. Près de leur agneau nouveau-né, leur bêlement était craintif. Tout cela, aujourd'hui, fut plus perceptible que d'ordinaire à Luzina. La tendresse et l'inquiétude lui parurent peut-être ne faire qu'un.

Elle porta la main à ses yeux pour les abriter du soleil. Au loin, un petit groupe venait de mettre pied dans l'Île-aux-Maringouins et une barque, renversée, s'avançait au-dessus des roseaux. À l'ordinaire, les Tousignant étaient bien organisés pour la traversée des deux rivières. Une barque était affectée au passage de chacune et y demeurait en permanence. Mais la barque de la Grande Poule d'Eau devait subir des réparations, et c'est ainsi qu'il n'y en avait qu'une de disponible aujourd'hui et qu'il fallait faire des portages.

La barque approchait. Sous le petit bateau, Luzina distinguait les jambes et le torse d'Hippolyte et, derrière lui, deux autres porteurs qui devaient être Pierre et Philippe-Auguste-Émile. D'autres enfants suivaient et, parmi eux, Luzina repéra celle qui devait être mademoiselle Côté.

Aussitôt son cœur donna un coup fort et brusque. La peur s'emparait de Luzina. D'un coup d'œil elle embrassa les enfants qui l'entouraient. Que connaissait-elle de cette demoiselle Côté? C'était peut-être une de ces vieilles filles butées sur la discipline, qui ne savent l'expliquer qu'à coups de règle sur les jointures si sensibles des doigts. Vers l'âge de neuf ans, Luzina avait eu une telle maîtresse; elle s'était hâtée de l'oublier, sa nature préférant de beaucoup les souvenirs attendrissants. Mais voici que ressuscitait, alliée pour Luzina aux tables de multiplication, la méchante maîtresse avec son long bâton effilé qui, en principe, devait servir à indiquer les beaux pays sur la carte du monde, non pas à frapper les doigts et les genoux tremblants.

Le groupe des arrivants était entré dans le plus touffu de l'île. Luzina n'en voyait presque rien. Quand il en ressortit, il se trouva près d'elle, et ses yeux s'emplirent d'une vision fine, délicate, telle que jamais on n'avait espéré en savourer dans l'île de la Petite Poule d'Eau. La demoiselle n'était ni vieille, ni sévère. Elle était toute pimpante. Un petit chapeau de paille, un vrai chapeau de ville qu'elle portait très incliné sur l'œil droit, piquait sa plume rouge partout entre les roseaux qui menaçaient de la lui arracher. Elle devait retenir son chapeau d'une main, protéger son joli costume des éclaboussures, faire attention de ne pas poser le pied dans les flaques d'eau. Ses mains qui s'affairaient ainsi étaient gantées. Au creux de son coude, elle serrait un beau sac de cuir. Ses souliers étaient à talons hauts, ce qui expliquait qu'Hippolyte, à plusieurs reprises, avait dû poser la barque et attendre la maîtresse, obligée à cause de ses beaux souliers de contourner les grands trous, de chercher des mottes assez solides et de faire presque le double du chemin. On aurait dit qu'elle venait prendre un poste à deux pas de la gare, en plein village, sous le nez d'au moins douze familles qui guettaient son arrivée. Jamais Luzina n'oublierait cette belle vision.

La maîtresse approchait, assise maintenant au fond de la barque. Elle tirait sa jupe sur ses genoux, ayant quelque peine à abriter contre les gouttes d'eau que soulevaient les rames, son sac de cuir, son costume, sa valise et son petit chapeau. «Fais attention, Hippolyte», avait envie de crier Luzina. Elle avait passé son gros poupon du bras droit au bras gauche; elle l'écrasait sur sa forte poitrine et s'apprêtait à tendre sa main libre vers la maîtresse. Elle riait. L'émotion avait cet effet sur Luzina. Plus elle était saisie, et plus elle riait. Plus elle riait du reste, et moins elle pouvait se ressaisir. Cette élégance, cette finesse, cet air gracieux de la vie du Sud qui entrait aujourd'hui dans l'île, voilà ce qui, pinçant le cœur de Luzina, la portait à une sorte de gloussement frais et continu. Juste au bord de la rivière, les pieds dans la vase, embarrassée de son gros bébé, elle secoua à grands coups la main gantée de mademoiselle Côté, et tout ce qu'elle arrivait à dire à travers ses excès de rire, c'étaient des questions ingénues: «Mademoiselle Côté, hein? C'est mademoiselle Côté? Vous voilà donc arrivée, mademoiselle Côté, hein?» comme s'il pouvait subsister quelque doute sur l'identité de la maîtresse.

La petite demoiselle était loin d'avoir envie de rire, elle. Depuis deux semaines seulement, elle détenait son brevet tout neuf d'enseignement. En robe blanche, les cheveux bouclés pour l'occasion, elle avait reçu le parchemin enroulé sous un large ruban rouge des mains d'un représentant officiel du Department of Education, qui l'avait félicitée de ses bonnes notes. Si forte que fût mademoiselle Côté, elle n'avait jamais cru que le Manitoba pût être si grand, si peu habité. Elle n'avait pour ainsi dire jamais quitté son gros village du Sud, dans la vallée de la rivière Rouge, que pour fréquenter l'École normale de Winnipeg. Au reste, elle y avait brillé en géographie aussi bien qu'en toutes autres choses apprises dans les manuels. De rouler aujourd'hui de relais en relais, de Ford démantibulée en Ford encore plus branlante l'avait exténuée. Depuis bien des heures, la pauvre enfant n'avait plus la moindre idée du lieu où elle se trouvait. Arrivée à Portage-des-Prés, elle avait découvert, un peu à l'écart des cinq maisons du hameau, une petite bâtisse en planches qui, à la rigueur, eût pu passer pour une école, et le cœur déjà lourd, elle s'était apprêtée à demander la clé au marchand Bessette. Celui-ci avait bien ri. Ici, c'était le village, lui avait-il signifié. Ici, ils avaient une maîtresse depuis belle lurette. Mademoiselle Côté avait compris que son poste serait beaucoup moins considérable que celui de la colonie. Elle avait continué à rouler, cette fois en compagnie d'un petit homme peut-être muet puisqu'il ne s'exprimait que par des espèces de grognements. Et maintenant elle découvrait ce à quoi elle avait tendu de tout son cœur à travers tant d'application, de prix d'excellence et de magnifiques illusions: c'était donc cela, sa première école, l'échelon initial de la carrière la plus méritoire, la plus exaltante à ses yeux! Mais au fond où était l'école? Elle hésitait entre les quatre cabanes grises, en bois non équarri, dont la plus importante, dans le Sud, n'aurait pu servir que de grange ou de petite porcherie. Tout autour, régnaient le silence, l'eau, le piaillement aigu des petites poules à ventre argenté, aux ailes tachetées de gris. Le cœur de mademoiselle Côté gémissait de même, perdu dans le désert, et il cherchait déjà lui aussi son refuge. Son regard se porta sur les enfants. La moitié des Tousignant avaient les yeux bleu clair, rieurs et tendres de Luzina; l'autre moitié, les prunelles brunes, lentes et sommeillantes d'Hippolyte. Mais tous ces yeux fixés sur la maîtresse montraient en ce moment la même expression d'angoisse amoureuse. Même les plus petits qui n'iraient pas encore à l'école hésitaient entre la crainte et la confiance. Tous se tenaient près de la belle demoiselle, comme des faons qu'un seul geste peut faire fuir, mais qu'une petite caresse pourrait apprivoiser.

Mademoiselle Côté se pencha brusquement vers la petite troupe indécise; abandonnant son sac, sa valise, son chapeau, elle ouvrit les bras aux enfants de Luzina. Joséphine y vint la première, cette sauvage enfant que la vue de tout étranger contraignait à se glisser entre les roseaux, puis Norbert, Edmond qui tremblait tout en approchant, et ainsi, peu à peu, toute la petite marmaille, sauf Pierre qui, rougissant, extrêmement gêné tout à coup, sentait l'inconvenance des embrassades.

La demoiselle se redressa. On vit alors qu'elle était tout à son devoir, cette demoiselle Côté, et que sa jeunesse ne serait pas un obstacle à la fermeté, bien au contraire. Elle avait reconnu laquelle des cabanes était l'école. Elle dit d'un petit ton déterminé:

— Je vais me rendre tout de suite à l'école, préparer mes leçons.

— Vous devez être fatiguée. Vous pourriez presquement prendre une journée de congé avant, suggéra Luzina à contrecœur, mais commandée par un esprit de justice.

— Commencer par une journée de congé! Non, non, à l'œuvre, dit mademoiselle Côté.

Tout droit vers l'école, elle partit la première, et c'était elle, déjà, qui entraînait tout le monde.

IV

L'école était commencée depuis environ une heure. De temps en temps, de sa cuisine, Luzina entendait une explosion de petites voix; vers neuf heures et demie, un éclat de rire lui parvint, un vrai petit fou rire d'enfants à l'école, nerveux, agité et subitement réprimé; mais, le plus souvent, elle eut beau guetter, marcher sur la pointe des pieds, s'avancer jusqu'à sa porte ouverte, elle ne saisissait aucun bruit.

Luzina n'était pas de ces femmes que dérange beaucoup le tapage des enfants. Les nerfs tranquilles, l'humeur rêveuse et portée au beau, elle l'oubliait facilement en se racontant des histoires. Ces histoires comportaient évidemment des incidents, des drames assez sinistres même, mais c'était uniquement pour le plaisir d'en avoir raison à la fin et de voir tout s'arranger dans son cœur. Quelquefois, elle imaginait des malheurs irréparables: Hippolyte se noyait subitement; elle restait veuve avec neuf enfants; deux de ses fils tournaient mal et épousaient des Sauvagesses; mais tout cela n'était inventé qu'en vue du soulagement qu'obtenait toujours Luzina lorsque, sortant de ses histoires macabres, elle voyait à quel point aucune ne tenait debout. Les bruits habituels, le criaillement des poules et des enfants, favorisaient cette évasion de Luzina. Ce matin, c'était le silence qui la dérangeait.

Que pouvaient-ils faire maintenant à l'école? Qu'est-ce qui les avait fait rire tous, un instant auparavant? Mais, surtout, à quelle occupation pouvaient-ils se livrer dans un tel silence?

Vers dix heures et demie, Luzina eut besoin de copeaux pour alimenter son four où cuisait un gâteau à la mélasse, et elle s'en alla tout naturellement ramasser ceux qui étaient tombés du rabot d'Hippolyte tout autour de l'école. Loin d'elle l'idée d'épier la maîtresse. Luzina était bien déterminée à respecter l'indépendance de mademoiselle Côté. Ce matin même, elle croyait avoir tranché une fois pour toutes cette question du partage de l'autorité dans l'île de la Petite Poule d'Eau. «À l'école, avait prononcé Luzina, vous obéirez aveuglément à votre maîtresse.» Elle ne serait pas de ces femmes qui tiennent pour leurs enfants contre la maîtresse, les plaignent d'une petite correction reçue et nuisent ainsi au prestige de l'autorité.

Le dos penché, la tête rentrée dans les épaules, elle s'apprêtait à dépasser le coin de l'école sans être vue par la fenêtre ouverte, lorsqu'une question bien précise cloua Luzina sur place.

— Dans quelle province vivons-nous? voulait savoir mademoiselle Côté.

Quelle question! Luzina s'apprêtait à répondre. Il se trouvait une souche, tout contre l'école, exactement sous la fenêtre ouverte. Luzina s'y laissa choir.

— Quel est le nom de votre province? répéta mademoiselle Côté.

Aucun enfant ne répondait.

Luzina commença de se sentir mal à l'aise. «Bande de petits ignorants! pensa-t-elle. Vous devriez pourtant savoir cela.» Ses lèvres formaient la réponse, en détachaient les syllabes. Toute sa volonté était tendue à la faire passer dans l'esprit des écoliers. «Si c'est pas une honte, pas même savoir où on vit!»

Une voix s'éleva enfin, défaillante, peureuse:

— La Poule d'Eau, Mademoiselle.

Luzina avait reconnu la voix de Pierre.

«Si c'est pas honteux, un grand garçon de onze ans! se dit Luzina. Je m'en vas lui en faire des Poule d'Eau quand il va revenir à la maison, celui-là!»

La maîtresse continuait avec patience.

— Non, Pierre, la Poule d'Eau est le nom de cette région seulement. Encore, je ne sais pas trop si c'est le véritable nom géographique. C'est plutôt, je crois, une expression populaire. Mais je demande le nom de la grande province dans laquelle est comprise la Poule d'Eau et bien d'autres comtés. Quelle est cette province?

Aucune illumination ne frappait l'esprit des écoliers Tousignant.

— C'est une très grande province, les aida encore un peu plus mademoiselle Côté. Elle est presque aussi grande à elle seule que toute la France. Elle part des États-Unis et va jusqu'à la baie d'Hudson.

— Le Manitoba!

C'était Edmond qui venait de lancer le mot. Sa petite voix pointue avait pris l'accent même de la victoire. De l'autre côté du mur de l'école, Luzina était tout aussi fière. Son gras visage rose s'attendrissait. Edmond vraiment! Une petite graine qui n'avait pas encore huit ans! Où est-ce qu'il avait appris celui-là que l'on vivait dans le grand Manitoba? Il avait le nez partout aussi, cet Edmond, fureteur, toujours occupé à écouter les grandes personnes. Luzina lui accorda une vaste absolution.

— Très bien, approuvait la maîtresse. Cette province est en effet le Manitoba. Mais elle est comprise ainsi que huit autres provinces dans un très grand pays qui se nomme...

— Le Canada, offrit Pierre sur un ton de voix humble, comme en s'excusant.

— Mais oui, mais oui, très bien, Pierre. Puisque nous habitons le Canada, nous sommes des... Cana... des Canadi...

— Des Canadiens, trouva Pierre.

— C'est cela, c'est très bien, le félicita Mademoiselle.

Luzina convint que Pierre s'était quelque peu racheté. Tout de même: aller dire qu'on vivait dans la province de la Poule d'Eau. Quel enfant imbécile!

— Nous sommes des Canadiens, poursuivait la maîtresse, mais nous sommes surtout des Canadiens français. Il y a bien longtemps, il y a plus de trois cents ans, le Canada n'était habité que par des Peaux-Rouges. Le roi de France envoya alors un Français découvrir le Canada. Il se nommait Jacques Cartier.

Le soleil réchauffait Luzina, bien à l'abri du vent, le dos contre le mur de l'école. Elle avait croisé les mains. Ravie, elle écoutait la belle, vieille, vieille histoire, qu'elle avait connue un jour et, par la suite, presque oubliée. C'était beau! Plus beau encore que dans les livres à l'entendre raconter par la maîtresse avec tout ce talent, cette jeunesse fervente qu'elle y mettait. Luzina avait envie de rire, de pleurer.

— Les premiers colons furent des Français... Le gouverneur de Montréal, Maisonneuve... Celui de Québec se nommait Champlain... les explorateurs du Nouveau Monde, presque tous étaient des Français: Iberville, des Groseilliers, Pierre Radisson. Le Père Marquette et Louis Joliet avaient découvert le chemin des Grands Lacs. La Vérendrye était allé à pied jusqu'aux Rocheuses. Cavelier de La Salle avait navigué jusqu'à l'embouchure du Mississipi. Tout ce pays était à la France...

— La Poule d'Eau aussi? demanda Edmond.

— La Poule d'Eau aussi, acquiesça la maîtresse en riant.

Luzina sourit également avec indulgence.

Bien sûr, la France était maîtresse de tout le pays! En bonne écolière, Luzina suivait attentivement la leçon, mais elle était tout de même plus avancée que les enfants; sa mémoire, délivrée des soucis ménagers, affranchie de presque toute sa vie, déterrait des dates, certaines batailles qu'elle retrouvait avec délices. Tout en écoutant, Luzina avait même commencé de mener pour son propre compte le récit du passé.

Certainement, parmi ces premiers colons venus de France, il y avait eu des Tousignant et des gens de sa famille à elle, des Bastien. Luzina s'était laissé dire que les colons français avaient été triés sur le volet; qu'aucun bandit ou paresseux n'avait pu se glisser dans leur nombre. Tous du bon monde. Ils s'étaient établis dans ce que l'on appelait autrefois le Bas-Canada et qui devait plus tard être compris dans la province de Québec. Les Tousignant et les Bastien en étaient. Mais, aventuriers et courageux tels que les voyait Luzina en ce moment, quelques-uns de ces Tousignant et de ces Bastien du Bas-Canada avaient émigré à l'Ouest, jusqu'au Manitoba. Déjà, ils étaient loin, bien loin de leur endroit d'origine. Mais attendez! dit Luzina à voix haute. Il s'était trouvé une Bastien et un Tousignant du Manitoba qui avaient dans le sang le goût des ancêtres, coureurs des bois et coureurs des plaines. On n'allait plus à l'Ouest, dans ce temps, mais il restait le Nord. Pas de chemin de fer, pas de route, presque pas d'habitations; ils avaient été attirés par le Nord. Pas de communications, pas d'électricité, pas d'école, cela les avait tentés. Comment expliquer cette folie d'ailleurs, puisque, à peine installés dans le Nord, ils s'étaient mis à l'œuvre pour lui donner la ressemblance d'ailleurs! Ils avaient quitté des villages tout établis, elle Saint-Jean-Baptiste sur la rivière Rouge, Hippolyte son beau village de Letellier; et, depuis ce temps-là, ils travaillaient à changer le Nord, ils travaillaient à y amener les coutumes, l'air, l'abondante vie du Sud. Peut-être étaient-ils de ces bâtisseurs de pays dont Mademoiselle parlait avec tant de chaleur. Ah! si tel était le cas, Luzina n'en pourrait supporter la gloire sans pleurer un peu. Son œil s'humecta. Elle ne pouvait pas soutenir d'entendre les trop beaux récits. Ceux qui étaient tristes non plus. Mais c'étaient les plus beaux qui en définitive jouaient davantage avec son cœur. Elle écrasa une petite larme au coin de sa paupière gonflée.

Oh, mais attendez encore! D'être venu à Poule d'Eau n'était pas le mieux de l'histoire. La plus belle partie de l'histoire, c'était d'être rejoint dans l'île de la

Petite Poule d'Eau par les ancêtres, les anciens Tousignant, les Bastien inconnus, le Bas-Canada, l'histoire, la France, La Vérendrye, Cavelier de La Salle. Luzina renifla. C'était cela le progrès, bien plus grand que la vieille Ford du facteur, les catalogues du magasin. Comment dire! Les vents pourraient hurler six mois de l'année sans dérougir; la neige pourrait ensevelir la maison jusqu'au toit; et c'était comme si les Tousignant, dans leur île, ne seraient plus jamais seuls.

— Mon gâteau! pensa Luzina.

Elle fuyait fâchée contre elle-même, rouge jusqu'au front et perdant des copeaux de son tablier. Quelle sorte de femme était-elle pour négliger ainsi son devoir! À chacun sa tâche dans la vie: à la maîtresse d'expliquer, aux enfants d'apprendre; et à elle, Luzina, de les servir.

V

L'après-midi lui parut long. À deux heures et demie, l'école se vida pour la récréation. Luzina s'avança sur le seuil de la maison, bien persuadée que les enfants ne feraient qu'un saut jusqu'à elle pour lui faire part des progrès accomplis. À midi, elle n'avait pour ainsi dire pas eu le temps de les questionner, toute à l'énorme préoccupation de leur faire absorber une double ration maintenant qu'ils travaillaient du cerveau. Elle les attendait sur le pas de la porte, émue, indulgente comme après une longue absence prolongée. Il lui semblait avoir été privée de ses enfants aussi longtemps que lorsqu'elle les quittait pour son voyage à Sainte-Rose-du-Lac.

Toute la classe lui passa au nez en tourbillon. Elle volait derrière Mademoiselle. Elle atteignit une partie de l'île quelque peu éloignée, d'une belle surface plane et, s'y disposant en cercle, elle commença les évolutions d'un jeu que la maîtresse dirigeait en chantant. Le vent apporta à Luzina quelques bribes de la vieille chanson: «Savez-vous planter des choux... à la mode, à la mode et à la mode de par chez nous...» Que c'était gracieux, ces jeux d'enfants civilisés, à travers le même va-et-vient des brebis, leur plainte ennuyeuse, et l'éternel piaillement des poules d'eau! Luzina s'avança un peu au dehors pour mieux voir la ronde. Elle avait chanté et mimé la chanson autrefois. Elle la connaissait bien. On commençait par planter des choux avec les mains. Avec les pieds ensuite. On finissait avec la tête, et c'était le plus drôle. Justement, on riait beaucoup là-bas. Mademoiselle montrait comment planter les choux avec le nez. Dans leur zèle d'imitation, les enfants piquaient tous le nez en terre et relevaient leur fond de culotte. Ils riaient avec délices. Mademoiselle savait les faire rire. Elle savait apparemment tout obtenir d'eux. Ainsi, elle frappa les mains l'une dans l'autre, et aussitôt ils s'alignèrent et redevinrent fort sérieux, appliqués à marcher comme Mademoiselle.

Oh, mais attendez! se dit Luzina. À quatre heures, tout serait bien différent. Peu habitués à la contrainte, les enfants retrouveraient avec plaisir le régime moins strict de la maison. Ils montreraient bien leurs petits défauts alors. Mademoiselle elle-même serait épuisée. Joséphine, si petite, se serait beaucoup ennuyée. Attendez quatre heures! pensa Luzina.

À quatre heures, ils se souhaitèrent le bonsoir dans l'école, la maîtresse et les enfants, puis ils sortirent ensemble et, presque aussitôt, ils furent tous dans la maison. C'était presque comme au retour des voyages de Luzina, mais c'était son tour de questionner.

— T'as bien appris, Edmond? T'as bien su le nom de la province, hein?

Bien sûr qu'il connaissait le nom de la province, ce n'était pas difficile de savoir le nom de la province. Edmond savait même qu'il y avait neuf provinces.

— T'as mis tes doigts dans le nez?

On ne parlait pas de doigts dans le nez devant la fine et belle demoiselle, voyons!

— T'as commencé à lire, Joséphine?

Oui, Joséphine savait presque déjà lire. Joséphine n'avait plus que deux ou trois petites choses à apprendre, et elle pourrait lire tous les livres écrits. Joséphine était très avancée. Mademoiselle l'avait dit. Ce qui les impatientait surtout, c'était la crainte de voir révélé à Mademoiselle leur jour quotidien par une fâcheuse remarque de leur mère. De plus, ils avaient peur de voir échapper Mademoiselle. On ne savait jamais, elle pourrait partir en promenade, elle pourrait s'éloigner, et il leur arriverait peut-être de la perdre de vue. Ils la guettaient tous, du coin de l'œil, prêts à lui barrer le passage. Dès qu'elle fit un pas, ils l'entourèrent.

— Où c'est que vous allez, Mademoiselle?

Luzina intervint alors, avec une autorité plutôt larmoyante:

— Vous allez lâcher Mademoiselle tranquille. Elle en a assez de vous autres.

Mademoiselle protesta avec autant de certitude que Luzina d'énervement:

— Mais non, les enfants sont si gentils; laissez-les-moi encore, madame Tousignant. Nous irons en promenade au bord de l'eau. J'en profiterai pour faire une leçon de choses.

— De choses maintenant!

— Oui, d'oiseaux, de plantes, d'insectes, expliqua Mademoiselle.

— Vous n'êtes pas pour vous mettre à travailler douze heures par jour, se plaignit Luzina.

— Ce n'est que plaisir avec des enfants si aimables, soutint la maîtresse.

— Aimables! Vous ne les connaissez pas, fit Luzina. Ce sont des petits diables tout purs.

— De gentils enfants, corrigea la maîtresse.

Comment ne pas aller du côté de celle qui définissait leur vraie nature, leur bon caractère et dont la perspicacité les plaçait à la hauteur de perfection qu'elle exigeait d'eux!

— Des petits haïssables! se plaignit Luzina. Si vous commencez à les écouter, ils ne vous laisseront jamais tranquille. Des petits haïssables!

— De bons enfants, affirma Mademoiselle.

Elle s'élança au dehors. Les enfants lui emboîtèrent le pas comme un seul homme. Edmond ne la quittait que pour courir un peu au-devant d'elle cueillir quelque fleur qu'il venait lui offrir en la saluant chaque fois de la tête aux pieds.

— Merci, Edmond. Tu es un petit garçon délicat.

Elle expliquait:

— Ceci doit être de la menthe. Ceci, c'est de la moutarde sauvage.

Elle savait aussi toutes les choses que les enfants désirent apprendre, les noms de tout ce qui les entoure et dont la connaissance donne la possession. Derrière les autres trottinait Joséphine, dans sa robe de coton rose, ses bas, ses souliers de cérémonie.

L'autorité humiliée de Luzina s'attaqua à celle-ci, incapable d'aller aussi vite que les autres.

— Joséphine! cria-t-elle, toi, t'es trop petite en tout cas pour la leçon de choses. Reviens-t'en à la maison. T'entends?

L'enfant galopa plus vite, l'oreille basse, feignant de ne rien entendre.

— Joséphine!

La petite fille se retourna. Ses yeux étaient sombres. Au milieu du sentier, trépignant de colère d'être retardée, elle se rebiffa:

— La maîtresse a dit que je pouvais apprendre les choses, moi aussi!

Que faire? Le petit groupe entra dans les roseaux. Pierre écartait les hautes tiges devant la demoiselle. Les autres enfants arrachaient la mousse des vieilles quenouilles qui s'attachait à ses vêtements. Ils épousse-taient sans cesse son beau costume. Joséphine, hale-tante, criait:

— Ma Mamzelle, attends-moi! Attends-moi!

Mais où donc, par exemple, avaient-ils appris tant de délicatesse amoureuse qu'ils n'avaient encore jamais marquée à leur propre mère!

VI

L'été suivant, il arriva dans l'île de la Petite Poule d'Eau une créature stupéfiante, prude à l'excès, férue d'hygiène, qui avait des principes sur tout, une vieille fille de l'Ontario, qui ne parlait pas un mot de français, protestante par surcroît.

Elle avait raté la plupart des communications, le voyage l'avait presque mise en pièces, surtout le trajet dans la Ford bondissante de Nick Sluzick; elle n'avait plus de souffle en entrant dans la maison des Tousignant; aussitôt qu'elle le retrouva, ce fut pour formuler des récriminations. Il semblait presque impossible que tant de griefs pussent être exprimés à la fois.

Miss O'Rorke en avait contre le gouvernement qui ne lui avait pas précisé dans quel guet-apens elle allait s'engager et qui se souciait peu de voir une *lady* voyager seule dans un tel pays; elle en avait principalement contre les bandits du pays. Ces bandits dénoncés au grand pluriel se trouvèrent tous en fin de compte résumés par la seule personne de Nick Sluzick. D'après Miss O'Rorke, il avait fait exprès de la mener à un train d'enfer en pleine prairie par souches et cailloux.

Habituée à la misère, la pauvre fille, lorsqu'elle la retrouvait, n'avait plus d'autre défense contre cette vieille connaissance que de prétendre ne pas la reconnaître. Si elle avait su à quoi s'en tenir avant de partir, jamais elle n'aurait mis les pieds dans l'île de la Petite Poule d'Eau. Elle avait eu des offres de bons postes situés en pays civilisé. Elle aurait pu avoir l'école d'un gros village. Elle s'en retournerait d'ailleurs tout de suite si ce n'était pas si compliqué. Mais elle supposait qu'une fois dans ce *Water Hen District*, il n'y avait qu'à y rester.

Ayant dit, Miss O'Rorke enleva un large chapeau piqué de plusieurs aiguilles à longues pointes. Elle exposa un chignon défait, un sévère visage affligé et, derrière des lunettes à monture sombre, l'expression d'un zèle bien abattu, bien triste, qui évaluait déjà ce qu'il y aurait à changer dans la maison des Tousignant. De l'œil, elle avait repéré le seau à eau, proprement recouvert d'une gaze, mais accompagné d'un gobelet à long manche dans lequel apparemment buvait tout le monde, des papiers à mouches, tout collants, qui pendaient en tire-bouchons du plafond et, surtout, ce malheureux petit lit à moitié dissimulé jusque dans la cuisine. Miss O'Rorke n'aimait pas la promiscuité. Elle se disposait aussi à demander bientôt son propre gobelet.

— Qu'est-ce qu'elle dit? chuchota Luzina.

Elle n'avait pas compris grand'chose au discours de l'arrivée. Hippolyte était censé connaître mieux l'anglais.

— Qu'est-ce qu'elle a dit? redemanda Luzina à voix basse.

Gêné d'avoir à répéter des paroles si peu aimables devant celle qui les avait prononcées, Hippolyte encouragea sa femme à un peu de patience. «Plus tard, tu seras édifiée», disait Hippolyte des yeux, avec une mine profondément blessée.

— Qu'est-ce qu'elle est, crois-tu? chuchota encore Luzina.

— Une Irlandaise, peut-être bien, répondit Hippolyte tout bas.

— Une catholique, crois-tu? demanda encore Luzina.

— Pense pas.

— Qu'est-ce que le capucin va dire? s'inquiéta Luzina.

Pourtant, si décontenancée que fût Luzina, elle n'abandonna pas l'espoir de se faire à la longue une amie de leur Anglaise. Miss O'Rorke en définitive fut ainsi dénommée dans l'esprit des Tousignant, grands et petits, pour qui tout ce qui parlait anglais relevait de la même origine lointaine, parfaitement étrangère, et il n'eût pas été possible de revenir sur cette appellation, aurait-il été prouvé que la lignée de Miss O'Rorke avait vécu au Canada aussi longtemps que celle des Bastien et des Tousignant. Mais même une étrangère pouvait avoir de l'amabilité. Désireuse de bonne entente, Luzina prêtait aux gens toutes sortes de qualités. Il n'y avait pas moyen, selon elle, si on le voulait, de ne pas s'entendre. Elle s'était entendue avec des Irlandais, avec des Ruthènes, avec des Français. Pourquoi ne s'entendrait-elle pas avec leur Anglaise? Elle eut fort à faire.

Miss O'Rorke n'avait jamais expérimenté la sagesse du dicton: «Avec les Romains, vivez comme des Romains.» Sa pédagogie l'aurait entraînée à tenter la transformation du monde entier plutôt que d'abandonner une seule de ses idées fixes et de ses petites manies. Elle jouait d'ailleurs particulièrement de malheur en cette circonstance. Stricte végétarienne, elle avait échoué dans une île où l'on mangeait du lard salé d'un bout à l'autre de l'année. Son sommeil était léger. Pour dormir, elle avait besoin d'un silence parfait autour d'elle. Or, les brebis et leurs agnelets paissaient en liberté dans l'île. Ils n'en finissaient plus de s'appeler. Certains agneaux, privés de leur mère dès la naissance, que l'on avait dû nourrir au biberon et garder quelques jours dans la cuisine, avaient pris goût à la maison. Miss O'Rorke ne pouvant dormir rallumait sa lampe. Les agneaux s'assemblaient devant sa fenêtre, confiants en cette lumière attardée; ils poussaient la moustiquaire de leurs museaux et demandaient asile. Vers l'aube, quand ils se taisaient enfin, c'était le tour des canards et des poules d'eau d'agacer Miss O'Rorke.

Au matin, la pauvre fille montrait un visage défait. Ce qu'il y avait de plus enrageant à ses yeux, c'était que les Tousignant paraissaient tout étonnés qu'elle eût été empêchée de dormir.

— *You not sleep*? s'informait Luzina avec tant de bienveillance qu'elle paraissait suspecte.

— Ah, *too bad, very too bad*! disait Luzina, sincèrement affligée.

Ils n'avaient entendu aucun bruit. Si quelque chose avait pu déranger leur sommeil, c'eût été ce calme insolite, inexplicable, que la pauvre fille semblait souhaiter. Dans un pays de moutons, quoi de surprenant qu'on les entendît bêler!

Il valait bien la peine, se plaignit amèrement Miss O'Rorke, de venir au bout du monde constater qu'il n'offrait même pas les seuls avantages que l'on aurait été en droit d'espérer: le silence et la paix! Luzina n'en pouvait croire ses oreilles. En fait de silence et de paix, il ne lui semblait pas possible qu'on pût ailleurs en trouver autant qu'à la Petite Poule d'Eau.

Miss O'Rorke finit cependant par découvrir que l'île était fort longue, et un projet inattendu s'offrit à son esprit singulièrement inventif dès qu'il s'agissait d'obtenir ses aises. Elle s'ouvrit à Hippolyte de cette trouvaille toute simple. De quoi s'agissait-il en effet, sinon d'exiler les moutons tout à l'autre bout de l'île, sept milles plus loin, et de construire autour du troupeau un enclos assez solide pour l'y retenir à jamais. Ainsi elle aurait la paix.

Parce qu'elle avait prétendu gagner la maîtresse par l'amabilité, Hippolyte tenait rigueur à Luzina des demandes déraisonnables de Miss O'Rorke.

— Ta vieille folle s'imagine qu'on va se mettre à faire mille pieds de clôture et que l'on va voyager à travers l'île deux fois par jour rien que pour satisfaire ses petits caprices.

À la vieille folle elle-même, il tint cependant un autre langage. Elle lui en imposait avec ses lunettes braquées sur lui à tout instant et dont le reflet au soleil lui brouillait le regard. De plus, Luzina avait insisté pour que l'on ne cessât point de l'amadouer par la douceur.

— Cherche à la gagner par les bons procédés, soutenait Luzina. C'est toujours la meilleure politique en fin de compte.

— *Well*? s'enquit la maîtresse.

— *Well*, dit Hippolyte, et il entreprit d'exposer qu'il n'était pas tout à fait le maître dans l'île de la Poule d'Eau. Elle appartenait au marchand Bessette, et celui-ci ne pouvait avoir eu qu'une raison d'établir son ranch dans une île déserte, au bout du monde, à savoir qu'il y serait dispensé de faire élever des clôtures. Les clôtures coûtaient cher et Bessette avait un principe bien arrêté: le moins de dépenses possible, le plus de profits possible.

— *You see*? demanda Hippolyte.

Mais la vieille fille, de tout ceci, retint principalement qu'un nommé Bessette était responsable du bruit qui troublait son sommeil. Elle se mit en frais de lui en toucher quelques mots bien sentis dans une lettre. Il n'y avait pas d'efforts trop pénibles pour Miss O'Rorke lorsqu'elle était une fois décidée à changer quelque petite chose de ce monde dont à peu près tout l'importunait.

Cependant Luzina se décourageait de la voir repousser, à chaque repas, le lard salé, le chou rouge au vinaigre et les crêpes.

— *Don't you like*? disait Luzina avec une sincère commisération, mais de parler anglais à une Anglaise la mettait au supplice et, lorsqu'elle était au supplice, Luzina avait toujours envie de rire.

Quand la grande chaleur fut passée, elle forma le projet de faire venir une pièce de viande fraîche de Rorketon. Le gouvernement lui avait confié le soin d'exercer l'hospitalité envers la maîtresse, et Luzina n'avait pas l'intention de s'y soustraire. Elle s'employa à régler, deux semaines à l'avance, l'itinéraire de la viande fraîche. C'était plus difficile que s'il se fût agi d'un être humain capable de changer seul de voiture.

Luzina commanda la viande par lettre. Il fallait du même coup avertir Ivan Bratislovsky, toujours par lettre, d'avoir à prendre la viande chez le boucher, mais à la toute dernière minute, afin de laisser ladite viande profiter le plus longtemps possible de la glacière; recommander à Nick Sluzick de ne pas oublier de demander la pièce de bœuf à son collègue Bratislovsky qui était distrait et pourrait fort bien la ramener à Rorketon (ce contretemps s'était produit à la dernière visite du capucin); enfin, rappeler aux deux courriers de garder le bœuf bien enveloppé, de le défendre contre les mouches, l'extrême chaleur, de ne pas le mettre dans les sacs postaux et de ne pas s'asseoir dessus.

Malgré toutes ces précautions, soit que quelques-unes eussent été oubliées en route, soit qu'elles n'eussent pas suffi, la pièce de bœuf arriva dans un état inquiétant. C'était dommage: on voyait du premier coup d'œil qu'elle aurait fait un excellent rôti. Luzina espéra tout de même en déguiser l'odeur par une bonne sauce épicée. Miss O'Rorke devait avoir le palais et l'odorat délicats. Dès la première bouchée, elle fit la grimace.

Hippolyte, peu porté à rire, d'un naturel plutôt sérieux et sans humour, trouva, on ne sait comment, exceptionnellement drôle cette histoire de rôti de bœuf; les trois lettres de Luzina, les étapes réglées comme un horaire de chemin de fer, la mauvaise humeur de Sluzick qui détestait par-dessus tout se charger de viande fraîche en plein été, toutes ces écritures pour aboutir à l'expression de martyre de leur Anglaise.

Il éclata de rire. La gêne de s'entendre rire en plein silence, le sentiment de son impolitesse entraînèrent Hippolyte à rire encore plus fort. Les yeux des enfants, tout étonnés, allaient de leur père à la pauvre Miss O'Rorke. Luzina les avait menacés de dix punitions au moins pour chaque manque de respect dû à la maîtresse.

Çà et là, de petits rires incertains s'amorçaient puis s'étouffaient. Luzina elle-même partit tout à coup de son fou rire irrésistible. Alors toute la tablée fut déchaînée. Pendant cinq bonnes minutes, les Tousignant, délivrés d'une longue contrainte, rirent de tout leur cœur au nez de Miss O'Rorke qui, très droite, la bouche pincée, émiettait un petit morceau de pain en soupirant après le jour où elle secouerait enfin de ses pieds la poussière de cette île.

La crise passée, Luzina engagea tout son monde à ne plus recommencer.

— Elle s'est peut-être doutée qu'on a ri d'elle, dit Luzina avec un regard de repentir manifeste vers Miss O'Rorke.

En un sens, il était assez commode que la maîtresse ne comprît pas le français. Luzina pouvait se livrer en sa présence à des enseignements de politesse aussi directs et concrets que possible. Elle faisait remarquer, par exemple: «Vous voyez bien qu'elle n'a pas l'air dans son assiette. Tâchez de ne pas la reluquer. On ne sait pas ce qui la prend de temps en temps.»

Toutefois, par délicatesse, Luzina en disant de telles choses regardait ailleurs, habituellement un calendrier pieux. De la sorte, la pauvre fille avait appris à connaître les moments où l'on parlait d'elle et à les associer à saint Joseph qu'elle n'aimait déjà pas du tout. Ces Tousignant, aimables et doux, étaient, des gens qu'elle avait jamais entrepris d'arracher à l'ignorance, les plus rebelles de tous.

Tous les matins, c'étaient des protestations et des larmes. Les enfants ne voulaient plus aller à l'école. Miss O'Rorke leur tenait à longueur de journée des discours patriotiques qu'ils ne comprenaient pas, et elle était courroucée parce qu'ils n'avaient pas saisi ses explications. Elle les appelait: *ungrateful children; very ungrateful children.* D'après elle, le gouvernement ne pouvait pas être plus mal payé de ses bontés que par cette famille Tousignant qui, favorisée par un gouvernement anglais, entendait rester française. Où pouvait-on trouver pire en fait d'ingratitude? «Le gouvernement est anglais, la province est anglaise, se tuait à expliquer Miss O'Rorke; vous devez vous mettre avec la majorité et la volonté générale.» Deux ou trois des écoliers cherchaient à se sauver de l'école tous les matins. Luzina avait fort à faire pour les rattraper. Elle tenait bon. L'instruction ne pouvait être toute joie. Une si grande richesse, une si profonde expérience pouvaient bien coûter quelques pleurs. Elle raisonna les enfants. «L'été dernier, vous avez bien appris le français avec mademoiselle Côté. Cette année, apprenez l'anglais; profitez-en pour apprendre l'anglais.»

Très opportuniste au fond, Luzina avait fini par découvrir au moins une qualité à son Anglaise; c'était l'anglais. Quoique incapable de l'apprécier, Luzina ne le tenait pas moins pour une qualité. Trouvait-on à redire de Miss O'Rorke, Luzina l'excusait:

— Elle parle bien l'anglais, en tout cas.

Miss O'Rorke possédait pourtant une autre vertu, plus méritoire, mais elle devait rester à peu près invisible aux Tousignant. Le cœur de Miss O'Rorke, solitaire et peu aimable, battait d'une excessive loyauté envers l'Empire britannique et particulièrement envers le Royaume-Uni, sauf l'Irlande catholique, où elle n'avait jamais mis les pieds. Animée d'une passion tout aussi déraisonnable, mademoiselle Côté en avait fait rayonner la folie autour d'elle, mademoiselle Côté avait laissé derrière elle des noms de personnages aussi loin des Tousignant que la lune. Cavelier de La Salle, La Vérendrye, Radisson, Frontenac, le mauvais intendant Bigot; tous, même les méchants, avaient droit à un souvenir fidèle. Peut-être mademoiselle Côté conservait-elle l'avantage d'être venue la première dans l'île. Quelle chance de soulever les imaginations Miss O'Rorke pouvait-elle avoir avec son acte de capitulation, la défaite des Français, ses Pères de la Confédération et son *Dominion* du Canada? De plus, elle commit l'imprudence de s'attaquer aux héros de mademoiselle Côté. Le général anglais, Wolfe, avait bel et bien, selon ses dires, battu le Montcalm de mademoiselle Côté, lequel, en Français qu'il était, vint à la bataille en jabot de dentelle et poliment offrit à son ennemi de tirer le premier.

Mais on ne peut pas complètement résister à une passion même maladroite, et celle de Miss O'Rorke envers les îles anglaises finit par lui assurer une petite victoire sur les Tousignant.

VII

Environ deux mois et demi après son arrivée, Miss O'Rorke se promenait un dimanche vers la pointe aux roseaux. Elle avait pris l'habitude d'exténuer son ennui en longues promenades solitaires qui la conduisaient parfois jusqu'à l'extrémité nord de l'île où elle avait espéré reléguer le troupeau de moutons et, faute de succès, projeté d'y élever une tente où elle-même se retirerait. Ce projet avait échoué comme le premier. Devant cette singulière décision exprimée par Miss O'Rorke, Luzina s'était mise à pleurnicher, réellement vexée et inquiète.

Qu'est-ce que le monde dirait? Le monde en parlerait, bien sûr.

— Le monde! Quel monde? s'était enquise Miss O'Rorke qui commençait à apprendre un peu le français d'après le vocabulaire imagé de Luzina.

Incapable de préciser le genre de monde dont il était question, Luzina n'en craignait pas moins les racontars.

— Le monde dira qu'on vous a maltraitée, le monde nous blâmera.

Ainsi donc, le dernier avantage que Miss O'Rorke avait espéré tirer de son séjour dans l'île de la Petite Poule d'Eau lui échappait. La solitude n'était pas ici. Sans doute, réfléchit la pauvre fille, les humains et les animaux, lorsqu'ils ont le malheur d'habiter une île quasi déserte, sont condamnés à vivre très rapprochés. Elle s'en allait donc, ce dimanche, le dos aux trois cabanes. Les nuages flottaient indéfiniment à travers le ciel, lents à se rejoindre. La Grande Poule d'Eau, elle-même paresseuse et calme, reflétait cette procession continue de nuages. Les moutons, ainsi que cela leur arrivait parfois, avaient émigré d'eux-mêmes et en bloc vers la pointe éloignée de l'île. Il n'y avait presque rien pour embêter Miss O'Rorke. On était dans ces jours chauds, engourdis, où l'île paraissait réellement inhabitée. Et, tout à coup, Miss O'Rorke s'aperçut qu'il n'y avait pas de drapeau dans l'île. Il fallait qu'elle eût eu bien des préoccupations pour ne pas s'en être avisée plus tôt. Elle revint par le plus court, entra dans la cuisine d'un pas décidé.

— *Mrs Tousignant, there must be a flag here.*

— Qu'est-ce qu'elle demande? s'informa Luzina auprès d'Hippolyte.

— La v'là qui veut un drapeau! traduisit Hippolyte.

— Un drapeau! s'exclama Luzina, fort conciliante. C'est bien vrai, il faut un drapeau, mais quelle sorte de drapeau?

— *The flag of His Majesty the King*, dit Miss O'Rorke.

Luzina saisit le mot: majesté. En fait de majesté britannique, Luzina était plutôt en retard sur son temps;

elle en était restée pour ainsi dire à la vieille reine Victoria qu'elle respectait parce que, toute protestante qu'eût été Victoria, elle avait eu neuf enfants. Pour Luzina, les familles nombreuses paraissaient être une obligation purement catholique, qu'il n'y avait pas à éviter puisque le ciel en dépendait. Victoria, qui n'était pas tenue par de telles conditions, lui semblait d'autant plus méritante. C'était comme si Victoria n'eût agi que pour donner l'exemple et peut-être pour réconforter les autres femmes de son Empire.

Pleine de bonne volonté, Luzina déchira en bandes un drap tout usé. Elle les teignit et les assembla sous la direction de la maîtresse. Tellement fière de son Union Jack, elle en aurait bien cousu quelques autres, maintenant qu'elle avait le patron. Cependant, Miss O'Rorke s'était mise à talonner Hippolyte. Apparemment il ne suffisait pas d'avoir un drapeau. Il fallait qu'il pût se dérouler à l'aise, planté devant l'école et visible de tous les côtés. Stimulée par le symbole de l'Empire, Miss O'Rorke avait repris de l'énergie. Hippolyte finit par comprendre que l'Anglaise voulait un poteau. En vérité, c'était volontairement qu'il mettait beaucoup de temps à comprendre les désirs de Miss O'Rorke. Luzina et les enfants prenaient énormément plus d'intérêt au drapeau. Il n'y avait pas de doute qu'il aiderait à mieux définir un territoire qui, autrement, pouvait passer pour inexploré. Pierre-Emmanuel-Roger tailla une perche de huit pieds de hauteur telle que l'exigeait la maîtresse. Mais alors se présenta une difficulté; il était nécessaire, au dire de Miss O'Rorke, de hisser le drapeau, le matin, à l'ouverture de l'école, et de le descendre à quatre heures sonnantes. Hippolyte ne voyait pas pourquoi le drapeau, une fois installé au bout de la perche, ne pourrait pas y rester à perpétuité. Moins indocile, Luzina cousit un profond ourlet sur un côté du drapeau. Pierre glissa une corde dans l'ourlet; il grimpa fixer la corde de telle sorte que, selon qu'on en tirait un bout ou l'autre, l'Union Jack filait en haut du mât, descendait, remontait. D'en bas, l'on pouvait actionner le mécanisme; on n'avait aucune peine à mettre le drapeau en berne, à le hisser en plein vent pour le plaisir de le voir battre et claquer. On avait sous la main tout ce qu'il fallait pour signaler le deuil, les fêtes, les réjouissances, les jours de travail et les départs. À sa manière, Miss O'Rorke laissait sa marque dans l'île.

On s'en alla la remettre, une après-midi d'automne, vers la fin d'octobre, à Nick Sluzick. Malgré la distraction du drapeau, Luzina n'avait pas trop de peine à voir partir l'Anglaise. Au moment même où ils atteignaient la terre ferme, la Ford du facteur bondissait le long de la rivière. Elle continua sans ralentir, dépassa le petit tertre quelque peu aplani qui, selon des conventions non écrites mais de longue tradition, représentait le point d'arrêt du transport en commun. On voyait les grosses mains du facteur fermement agrippées au volant. Son visage tanguait. Ses moustaches tremblotaient. Nick Sluzick filait comme aux beaux jours où il n'y avait personne à cueillir le long de la piste. Les Tousignant ensemble levèrent les bras. Hippolyte siffla. Le bonhomme stoppa enfin, mais assez loin, au milieu d'une petite mare encore boueuse, point tout à fait séchée.

Il avait l'œil rapide. Personne ne pouvait reprocher à Nick Sluzick de ne pas voir les gens qui l'attendaient en pleine campagne dénudée. En un clin d'œil, Nick avait même reconnu, parmi ce groupe archivisible, sa voyageuse du printemps dernier qui n'avait pas cessé de lui recommander de regarder bien où il allait. Comme si Nick Sluzick avait besoin de quelqu'un pour le guider en ces chemins où il naviguait depuis quatorze ans, le seul à pouvoir s'en tirer! Nick siégeait carrément sur le siège avant. L'arrière était recouvert de sacs postaux et de gros paquets. Miss O'Rorke dut accepter la petite place auprès de lui que le facteur immobile n'offrait ni ne refusait. Nick Sluzick demeurait superbement éloigné de ce qui allait se passer.

Au premier saut de la Ford, les sacs postaux empilés jusqu'à la capote de grosse toile perdirent leur équilibre et commencèrent à dégringoler vers Miss O'Rorke. Elle reçut toute la charge sur les épaules. Son chapeau pencha. Ses lunettes faillirent voler par-dessus bord.

La pauvre fille s'en allait sans ressentir beaucoup de soulagement après tout. Ce ne serait pas mieux ailleurs. Depuis vingt-cinq ans, elle se trimbalait de poste en poste, et celui vers lequel elle allait était toujours un peu plus reculé, un peu plus enfoncé dans la solitude; la nourriture y était de plus en plus lourde, les sentiments de moins en moins délicats, la reconnaissance de plus en plus rare. Ce poste de la Petite Poule d'Eau n'avait peut-être pas été trop désagréable, en définitive. Au hasard, incapable de risquer un mouvement et de regarder au dehors, à cause des sacs de courrier qui pesaient sur son cou, Miss O'Rorke agitait la main en dehors de la Ford vers les Tousignant.

C'était un moment assez pénible pour elle, en somme, chaque fois qu'elle partait. Elle s'apercevait avec étonnement que la vie n'avait pas été trop mauvaise dans l'endroit qu'elle quittait. Elle la voyait même assez agréable. Elle finissait par croire qu'à cet endroit seulement l'existence lui aurait été possible. Telle était Miss O'Rorke. Sa préférence morne et accablante allait toujours à ce qu'elle avait perdu, et s'il y avait des coins du monde qu'elle vantait sans répit, c'étaient toujours ceux-là où elle était assurée de ne plus remettre les pieds.

Bien différente de nature, Luzina n'en trouvait pas moins certaines personnes plus aimables au départ qu'à l'arrivée. Son Anglaise si imprévisible, originale et déconcertante, à l'instant où elle partait lui devenait une amie de plus dans ce monde trop grand, point assez peuplé et où, selon Luzina, on n'avait jamais trop d'amis.

* * *

S'en revenant en petite file indienne, les Tousignant se prirent au jeu d'imaginer leur future maîtresse. Luzina marchait la dernière, essoufflée malgré le froid assez vif, les joues rouges, moitié attristée par le vide que créait le départ de Miss O'Rorke, mais souriant des yeux à la nouvelle maîtresse qui la remplacerait. Elle croyait comprendre que jamais ils n'auraient la même maîtresse deux années de suite. En un sens, cela plaisait à son appétit de l'inconnu. Les grandes différences de pédagogie entrevues à travers deux maîtresses seulement lui ouvraient un vaste champ de conjectures. Ils avaient déjà pris goût sans s'en apercevoir à vivre en suspens pendant une grande moitié de l'année, occupés de la maîtresse qui viendrait, telle une colonie éloignée, de son nouveau gouverneur. Le changement leur convenait. Il donnait du piquant à la vie, de quoi s'entretenir longuement tout l'hiver. «Ce sera peut-être une Hongroise», disait Luzina un beau jour. Nul ne savait ce qui avait pu donner cette idée à Luzina, mais nul n'ignorait qu'elle avait pensé à la «nouvelle». Cet attrait de l'inconnu dans leur existence empêchait de sentir trop vivement les regrets. En quelque sorte, il s'opposait même à la fidélité. «Bien sûr qu'on serait content si mademoiselle Côté devait revenir, par exemple», disait Luzina mais, en même temps, elle saisissait quelque opposition de son cœur à ce retour. Il serait certes bien agréable de revoir mademoiselle Côté, mais pas au détriment d'une autre maîtresse, encore inconnue, à laquelle il devenait presque impossible de renoncer avant de la connaître pour ainsi dire.

Au printemps, Luzina avait épuisé toutes les suppositions. Leur maîtresse lui était apparue sous l'aspect de presque toutes les nationalités. Elle croyait avoir paré à toutes les surprises. Elle n'en avait oublié qu'une. La maîtresse d'école qui arriva dans l'île, au début de mai, était un jeune homme.

VIII

Celui-ci débarqua dans l'île, vêtu du moins pour les circonstances. Luzina trouva même qu'il exagérait. Elle vit en effet s'avancer une curieuse silhouette surmontée d'un casque colonial, en chemise de flanelle à carreaux rouges et grosses bottes huilées, chargée de tout un attirail meurtrier, petites et grandes carabines. À son épaule pendait un carnier. Il avait une couverture ficelée au dos. Les arpenteurs qui s'enfonçaient au-delà des routes pour trois ou quatre mois à la fois n'étaient pas plus prévoyants. Il y avait un autre motif à l'embarras de Luzina. Elle était à son cinquième mois et elle trouva plutôt inconvenante, en ces conditions, la présence d'un jeune homme qui pourrait de jour en jour la voir grossir. Il avait déjà été bien assez gênant de subir l'examen quotidien de Miss O'Rorke derrière ses lunettes, qui s'alarmait d'ailleurs sans cause, puisque, cet été-là, Luzina se reposait.

C'était un garçon aimable pourtant, sans prétentions, qui parut tout de suite se plaire dans l'île. Aucun de ses regards vers Luzina n'eut l'air de chercher si elle était plus grasse, plus ronde que de coutume. Luzina l'aurait trouvé tout à fait sympathique, si seulement il avait porté autant d'intérêt à sa classe qu'il en marquait pour la chasse.

Il demandait à Luzina de lui laisser un peu de café de la veille. Il se levait quand c'était encore la nuit, se servait lui-même, et il devait gagner les roseaux, car, de la maison endormie, on entendait dans cette direction des sifflements de balles. C'était l'heure où s'animaient les petites poules d'eau, les sternes, les canards, créatures que ravissent les pâleurs de l'aube. Le soleil se levait; les détonations cessaient. Cependant, le maître ne rentrait pas. Les enfants l'attendaient parfois jusqu'à dix heures assis à leur petit pupitre, et ils avaient terminé les devoirs inscrits au tableau noir. Que pouvait faire le maître? Luzina envoya voir, un matin; elle était inquiète. Or voici ce que les enfants découvrirent: allongé dans une barque plate entre les roseaux, son casque sur le visage pour le protéger des mouches et du soleil, leur maître dormait.

Sa méthode d'enseignement était d'ailleurs des plus curieuses. Il avait l'air de prendre tout cela en blague.

— Apprenez cette page si le cœur vous en dit, disait-il en riant, et, sournoisement, il semblait conseiller: «Ne l'apprenez pas si cela ne vous tente pas plus que cela me tente de vous faire la classe.»

Mais les enfants de Luzina tenaient à apprendre.

À la veillée, ils se mettaient chacun dans son coin et ils criaient pendant des heures, l'un une règle de grammaire, l'autre une phrase d'histoire; de plus en plus, pour s'entendre, chacun haussait le ton. Joséphine avait une voix particulièrement écorchante. Tout ce tapage ne déplaisait pas à Luzina. Elle avait alors l'impression que ses enfants faisaient beaucoup de progrès. Mais lorsqu'ils venaient, tout fiers, annoncer à leur instituteur qu'ils «savaient leur page», Armand Dubreuil se mettait à rire.

— Eh bien, puisque vous allez si vite, apprenez donc la page suivante!

De ses propos, il semblait découler qu'on serait plus intelligent d'éluder l'effort. Au bout de quelques semaines, plutôt que de rattraper l'heure de classe soustraite aux enfants le matin, Armand Dubreuil leur en dérobait une de plus à la fin de la journée. Il lui arriva de congédier la classe à trois heures. Il s'enfonçait alors, son fusil sous le bras, vers la partie boisée de l'île. Le piaillement des poules des prairies annonçait que c'était chez elles qu'il portait l'effroi. Elles voletaient au ras du sol, elles couraient par moments avec un roulement comique du corps sur les pattes minces, presque aussi maladroites et grasses que des poules domestiques. Pan! Pan! On entendait longtemps le tir de la carabine 22.

Le soir, il racontait des histoires. Il avait vite pris le tour de s'asseoir sur les talons à la manière d'Hippolyte et de s'y balancer en fumant la pipe. Luzina remettait de jour en jour les observations qu'elle se croyait le devoir de lui exprimer. C'était bien difficile. Armand Dubreuil était si gentil. Il était sans cérémonie. On aurait dit qu'il avait toujours vécu avec eux. Il s'intéressait à l'élevage des moutons. Il calculait les profits qui auraient été leurs s'ils eussent été les propriétaires des cent cinquante moutons. Il s'intéressait à tout, sauf à son école. Luzina cherchait la manière de lui faire des remontrances sans le blesser. Sur ces entrefaites, il donna congé toute la journée sous prétexte d'une fête quelconque dont Luzina ne pouvait trouver la moindre mention au calendrier. Il était très prodigue de congés. Au mât, le drapeau de Miss O'Rorke était beaucoup trop souvent en berne. Luzina crut avoir enfin trouvé la façon de réprimander l'instituteur sans le vexer. Elle se mit à vanter mademoiselle Côté à tout bout de champ.

— Notre première maîtresse, mon Dieu, que c'était donc une fille à son devoir! Vous rappelez-vous, les enfants, les belles étoiles d'or qu'elle vous donnait! Avec elle, la classe commençait à neuf heures tapantes. Fine, avenante, mais ambitieuse! elle avait trouvé les enfants bien en retard. Pour rattraper le temps perdu, elle faisait la classe même le samedi!

Armand Dubreuil riait de bon cœur.

— Ma méthode est différente, disait-il. Trop forcer les enfants, je n'y crois pas. La nature, comprenez-vous, est encore la meilleure éducatrice. La nature nous en apprend plus que tous les livres. Mais il faut des années pour voir les fruits de ma méthode. La nature, voilà ma méthode. C'est la meilleure.

Ce n'était pas du tout l'avis de Luzina. Il y avait assez de nature chez eux. Il y en aurait toujours assez. Mais comment discuter de l'éducation avec un jeune homme instruit, qui avait réponse à tout et qu'elle craignait d'offenser? Elle perdit encore un peu plus ses moyens dès le jour où, sans façon, Armand Dubreuil se mit à l'appeler: maman Tousignant. Il savait la prendre par son côté faible. Le lard salé, les crêpes, les gibelottes, tout ce que fricotait Luzina lui paraissait excellent. «J'ai jamais bien mangé comme chez vous, maman Tousignant. Faites-moi donc encore une tasse de votre bon café, maman Tousignant.»

Luzina se plaignait à Hippolyte. «Il est si enjôleur; il m'entortille que je ne peux pas me montrer assez sévère.»

Hippolyte aussi était soucieux, mais pour une autre raison. Jamais on n'avait vu un tel carnage dans l'île. Quelquefois, pour la table, on avait abattu un canard, une belle poule des prairies, grasse et arrivée à son âge adulte. Jamais on n'avait tué aux seules fins de s'exercer la main. Or l'instituteur était bon viseur, bon tireur, et il aurait dû se contenter depuis longtemps d'en avoir donné la preuve. Il continuait à tuer indifféremment: des poules d'eau d'une chair coriace, à peine comestible; un malheureux butor qui, réfugié depuis quelques jours dans une anse de la Petite Poule d'Eau, long, mélancolique et seul, avait ébranlé l'air de ses mugissements; même des canes sans doute.

On n'était pas encore en saison de chasse. Hippolyte craignait des ennuis avec le gouvernement. En aucun cas il n'aimait les démêlés avec les autorités, mais surtout maintenant qu'ils étaient si bien avec le gouvernement. Ils avaient reçu des lettres personnelles du gouvernement. Luzina était pour ainsi dire en rapport direct et constant avec le gouvernement. C'était moins que jamais le temps de désobéir. Bessette pourrait les dénoncer à la Police montée s'il croyait arriver par là à faire fermer l'école. Hippolyte était fort embêté. Pourtant il ne se reconnaissait pas le courage lui non plus d'adresser des réprimandes ouvertes à l'éducation personnifiée. Si quelqu'un devait connaître la loi, ce devait être l'instituteur.

Un soir, il exprima ce qu'il avait à dire d'une façon tout à fait délicate.

— Quand est-ce que la chasse ouvre, sa mère? demanda Hippolyte.

107

Tout étonnée, Luzina répliqua:

— Mais tu le sais bien, son père, la chasse ouvre vers le dix-huit septembre.

— Oui, c'est bien ce que je pensais, dit Hippolyte. La chasse n'ouvre que le dix-huit septembre que je me disais ces jours-ci. On n'est qu'au mois de juillet. Ça nous fait donc encore près de deux mois avant l'ouverture de la chasse.

Armand Dubreuil était loin d'être obtus. La petite leçon d'Hippolyte le fit rire encore plus fort que les reproches de Luzina. Assis par terre, le dos à la cloison, sa courte pipe entre les dents, il leur peignit la loi à sa manière.

— Voyez-vous un inspecteur du gouvernement arriver dans l'île de la Petite Poule d'Eau, vous autres! Il faudrait d'abord aller le chercher, lui montrer le chemin, le sortir des marais, l'amener par la main, le frictionner, le poncer...

Hippolyte craignit de lâcher une réprimande trop directe et s'en fut se promener au bord de la Grande Poule d'Eau. En son milieu la rivière était libre. Hors du courant, les roseaux l'embarrassaient. Ils se répandaient ici, gagnaient d'année en année comme ailleurs les moissons, les cultures, les arbres. Un véritable pays pour les oiseaux. Ils y venaient chaque printemps du fond de la Floride. Deux mille milles à vol d'oiseau, rapide et bien calculé pour atteindre ce refuge certain! Plus de deux mille milles peut-être! Les mères devaient avoir le souvenir de l'eau qui montait silencieusement à mi-hauteur des roseaux. C'étaient les meilleures cachettes du monde pour y guider les canards d'eau au temps où ils commençaient à nager et, plus tard, lorsqu'ils apprenaient à voler d'une touffe à l'autre.

Hippolyte soupira lourdement. Il n'aimait pas voir de jeunes vies exterminées avant d'avoir appris à soupçonner le danger. Il n'aimait pas voir les mères ravies à leur couvée. Et ce grand voyage de confiance donc, du fond de la Floride, pour aboutir à un désastre!

Mais il était bien tard maintenant pour se fâcher contre Armand Dubreuil. Il prenait de plus en plus ses aises dans la maison. Il pratiquait à son goût une méthode d'enseignement de plus en plus singulière: le laisser-aller, la fantaisie, la liberté. «Il n'y a rien comme la liberté, disait-il. Pourquoi tant pousser les enfants? Ils auront toujours assez de science. Qu'est-ce que vous voulez qu'ils fassent ici de la grammaire, de l'histoire?»

— Est-ce que vous n'êtes pas heureux ici? demandait-il.

Bien sûr, ils étaient heureux, mais qu'est-ce que cela avait à faire avec le peu qu'ils connaissaient!

Portée comme elle était à voir le beau côté des choses, Luzina ne pouvait pas ne pas s'apercevoir qu'en fait d'instruction ils allaient de mal en pis. Ils finiraient peut-être par voir arriver quelqu'un qui viendrait tout simplement prendre ses vacances dans l'île de la Petite Poule d'Eau.

Cependant, il se mit à pleuvoir au début du mois d'août, et Armand Dubreuil, privé de son passe-temps favori, dut se rabattre sur sa classe. Il y apporta brusquement presque autant de zèle qu'à la chasse. On vit alors de quels précieux enseignements il avait privé les élèves en ne s'appliquant pas plus tôt à son devoir. Il transposait infailliblement les sujets des problèmes de calcul en moutons et ainsi le problème concernait tout le monde, et tout le monde cherchait à le résoudre. Il

demanda à Luzina toutes sortes de choses disparates:
une tomate parfaitement ronde, une autre tomate plus
petite, des épingles à linge, du fil et, à l'aide de ces
choses, il démontra que la Terre était ronde, qu'elle
tournait autour de son axe, enveloppée dans ses fils de
longitude et de latitude et dans le rayonnement de l'autre tomate qui tournait également et qui était le Soleil.
Ainsi fut compris ce qu'avait déjà soutenu Luzina, à
savoir qu'il faisait noir dans une partie du globe terrestre, alors qu'ailleurs le soleil brillait. C'était un bon
maître, c'était un excellent maître.

Le soir, il venait s'asseoir dans la cuisine avec un
livre, bien différent en ceci de Miss O'Rorke qui s'en-
cabanait chez elle, poussait encore une table devant la
porte et ne pouvait dresser assez de barricades en faveur
de sa pauvre intimité à laquelle il manquait toujours
quelque chose. La vue d'un livre ouvert, d'un être ab-
sorbé dans la lecture avait toujours été douce et tentante
pour Luzina. Elle demanda au maître si c'était bien
intéressant ce qu'il lisait. Il pleuvait toujours, une
grande pluie forte qui battait le toit de la maison. Armand Dubreuil entama à voix haute le récit romancé
d'une expédition au pôle Nord. Et la famille Tousignant,
à la limite des terres habitées, perdit tout à fait le
sentiment de sa solitude dans un intérêt débordant envers les misères, le froid, l'isolement qu'enduraient les
personnages fictifs.

Luzina était bouleversée. Elle qui était capable de
plaindre un vrai malheur, comment n'aurait-elle pas été
émue par les infortunes que les romanciers excellent à
empiler sur le dos de leurs créatures! Le pire était
qu'une catastrophe tout juste écartée, une autre surve-
nait. Luzina n'arrêtait pas de craindre pour les explora-

teurs lancés dans leur périlleuse expédition. Mais l'idée ne lui serait jamais venue d'épargner ses émotions en faisant interrompre la lecture. Au contraire, plus il y avait de malheurs à redouter, et moins elle voulait tarder à les connaître. Jamais elle n'aurait cru qu'on pût être à la fois si heureux et si inquiet. La pluie fouettait les vitres. La voix du conteur s'élevait par-dessus les rafales. Le poêle émettait un peu de chaleur, tout juste entretenu. On se sentait en sécurité, et on avait le cœur serré par l'idée qu'il n'en allait pas ainsi pour d'autres. On vit Luzina, les larmes aux yeux, supplier:

— Encore un petit peu, monsieur Dubreuil, qu'on voie au moins comment ils vont faire pour retrouver leur chemin dans la tempête!

Elle ne pouvait se résoudre à goûter un lit tiède alors que les explorateurs erraient à cette heure même loin de la bonne piste.

Quelquefois, comme si le lecteur eût eu quelque pouvoir d'intercession auprès de l'auteur et la possibilité d'épargner les héros de Luzina, elle menaçait le maître:

— Surtout, n'en faites pas périr un autre!

Après l'odyssée des explorateurs dont pas un ne survécut, Armand Dubreuil lut la véridique et tragique aventure de quarante bagnards déportés en Sibérie.

Cette Sibérie, qu'elle était froide, inhumaine! Que c'était loin! Ces tsars Nicolas de toutes les Russies, quels tsars au cœur dur! Luzina n'entendait plus le vent pousser sa propre porte et, tout près, les coyotes qui hurlaient à la pleine lune. Elle bénissait le Ciel d'être au Canada, dans un bon pays bien gouverné, civilisé et toujours en voie de progrès. Bien qu'elle tînt les créatures des livres pour aussi réelles qu'elle-même, aucunement inventées, Luzina bénissait le talent qu'il devait être nécessaire de posséder pour expliquer tout cela qui était vrai.

— Ne nous laissez pas sur notre faim, monsieur Dubreuil!

Il était changé du tout au tout. Comme pour rattraper le temps perdu, il mettait les bouchées doubles. Les enfants n'arrivaient plus à terminer les devoirs inscrits au tableau noir. Joséphine seule tenait bon dans cette espèce de marathon qu'il avait organisé. La grammaire, l'arithmétique, la géographie, tout défilait à un rythme excessif. Edmond avait des cauchemars. On allait de page en page sans souffler. Le maître donnait peu de récréations aux enfants. Ce garçon devait faire tout avec excès. Luzina n'était tout de même pas pour lui reprocher maintenant son zèle. Peut-être était-il travaillé par le remords. Ou bien, comme toujours, la recette de Luzina de prendre les gens par la douceur portait-elle enfin ses fruits.

Luzina comprit mieux tout à coup. Un soir, en fermant son livre, Armand Dubreuil tout calmement annonça son départ pour le lendemain.

On n'était qu'à la fin d'août. L'instituteur s'était engagé pour jusqu'à la fin d'octobre. La grosse caisse qu'il avait apportée et que Luzina savait maintenant remplie de livres était loin d'être vidée. Luzina allait protester lorsque, tout à coup, elle crut à une nouvelle taquinerie de l'instituteur. Il était très espiègle.

— C'est pas pour vrai que vous parlez de partir. C'est pour nous faire peur, décida-t-elle.

Il prit un ton amusé:

— J'ai pourtant une bonne école dans le Sud. Une école de trois classes et située dans un gros village. Vous ne voudriez pas me voir rater mon avancement, maman Tousignant.

Le lendemain, se levant très tôt, Luzina le découvrit harnaché comme au jour de son arrivée, sa couverture au dos, ses carabines à l'épaule. Il ajustait sous son menton la courroie de son casque en carton-pâte.

Luzina trouva qu'il poussait la farce un peu loin.

— Pourquoi nous donnez-vous des émotions comme ça, monsieur Dubreuil?

Il riait toujours.

— Mais c'est qu'il n'est pas question de berlander si je veux attraper le vieux Sluzick.

Elle commença à lui faire du café. Elle hésitait encore à le croire.

— C'est rien que le mois d'août, vous pourriez tout de même rester jusqu'au mois d'octobre. Puis tout ça, c'est encore un de vos tours pour nous éprouver. La vraie belle chasse est à l'automne, essaya-t-elle de faire miroiter à ses yeux.

— Hélas, hélas, mais mon école dans le Sud va commencer le quatre septembre. Une école en briques, s'il vous plaît et, savez-vous, maman Tousignant, que votre petit Dubreuil est nommé principal.

Il avala les dernières gorgées de son café, et il vint vers elle, souriant, moqueur, la main tendue.

— Bien des remerciements et adieu, adieu, maman Tousignant.

C'était donc vrai qu'il partait. D'en avoir douté jusqu'au bout lui rendait son départ plus dur. Elle avait pu dormir confiante. Si elle s'était bien agitée, elle aurait pu le retenir plus longtemps, peut-être.

— Si vite! Déjà! Sans presque nous donner le temps de vous voir partir!

Il n'avait pas été toujours à son devoir, du moins dans les premiers temps. Il avait prêché de mauvaises choses: la nature, la fantaisie, la liberté. Pourtant il avait peut-être été leur meilleur maître. Désormais ils ne pourraient plus voir une tomate sans se rappeler que la Terre est ronde. Drôle de maître en vérité! Il avait dit qu'il n'était pas très important d'apprendre, et c'était lui pourtant qui leur en avait le plus donné le goût.

— Vous reviendrez? demanda Luzina. L'été prochain, tâchez donc!

Elle s'était accoutumée à le dorloter. Elle avait raccommodé sa culotte de chasseur souvent déchirée lorsqu'il revenait du petit bois de saules et de noisetiers. Elle avait lavé, repassé ses chemises, ramassé partout derrière lui les cendres de sa pipe. Ni avec mademoiselle Côté qui était fort méticuleuse, ni avec Miss O'Rorke d'une farouche indépendance, Luzina n'avait eu ces petits plaisirs. C'était surtout le bonheur qu'avait goûté le maître à vivre chez elle qui lui avait conquis le cœur de Luzina.

— On vous attendra l'année prochaine.

— Je suis nommé principal, recommença-t-il. Vous comprenez, je suis un type calé, maman Tousignant. J'ai mon baccalauréat.

Elle écarquilla les yeux, sans trop comprendre de quoi il s'agissait sinon qu'elle avait une raison de plus pour tenir à l'instituteur. Mais maintenant il devait blaguer pour de bon.

— Finie la liberté! dit-il. Je suis un beau fou! Cent cinquante piastres par mois, Monsieur le Principal... je vais me mettre la corde au cou... Rien de tout ça ne vaut une seule journée dans l'île de la Petite Poule d'Eau!

En s'en allant, il se retourna et attacha le regard à la petite construction élevée par Hippolyte à l'avenir et au savoir.

Qu'est-ce qui sortirait de tout cela? Peut-être bien du chagrin pour la pauvre maman Tousignant. Qu'est-ce qui sortirait bien de tout cela? Du mécontentement d'abord qui est à la source de tout progrès. Et puis après?

— Voulez-vous mon avis, maman Tousignant, fit-il, riant encore, et pourtant un peu plus sérieux que d'habitude. Fermez donc l'école. Vous n'aurez jamais ici que des vieux chevaux de bataille comme votre Miss O'Rorke ou des types comme moi qui aiment la chasse. Et même ceux-là vous finirez par ne plus les voir. Les classes d'été, vous comprenez, ça finit par ne plus attirer que les ratés. Et l'espèce est en train de disparaître à ce que l'on dit.

Il salua de deux doigts portés à la visière de son casque. Il préférait partir seul, accompagné de Pierre seulement qui devait ramener les barques. Il savait se débrouiller. Le pays lui était devenu familier, intime, facile, comme une de ces vies que l'homme au premier coup d'œil sait qu'il pourrait vivre avec contentement et que pour cela peut-être il abandonne. Si le bonheur n'était pas si facile, est-ce qu'on lui tournerait ainsi le dos, tout calme, en sifflotant?

— Monsieur Dubreuil! le rappela Luzina.

Il était déjà assez éloigné, prêt à s'asseoir dans la barque. Il mit la main contre son oreille, fit le geste d'écouter. Elle cria haut dans le vent:

— Un de ces jours, revenez!

Elle était loin de comprendre cette dernière leçon qu'il lui avait faite, plus ambiguë que toutes les autres. Mais il était parti seul, comme il l'avait voulu, quand il l'avait voulu. Il avait lui-même saisi les rames. C'était comme si l'un d'eux partait, et le cœur de Luzina fut touché d'inquiétude. Au cours de l'hiver, elle s'imposa de ne pas penser trop haut au nouveau maître, par prudence, pour obtenir mieux de l'avenir, peut-être, en n'exigeant que peu de chose. Quiconque voudrait venir à la Petite Poule d'Eau y serait bien reçu et dûment apprécié.

Mais l'été suivant, il ne vint personne dans l'île.

IX

On aurait pu douter des rois anglais introduits dans l'île par Miss O'Rorke, des héros de mademoiselle Côté, planteurs de drapeaux s'il en fut, et même des malheureux exilés du maître Dubreuil, n'eût été la petite école qui restait. À sa manière, elle témoignait d'une civilisation qui aurait été. Un voyageur arrivant dans l'île et y voyant une cabane de plus que n'en exigeaient les stricts besoins de la population aurait pu méditer sur le progrès et le déclin qu'elle racontait. Elle penchait. Les grands froids l'avaient rudement travaillée; d'un côté, elle enfonçait. Un couple d'écureuils avaient réussi à s'y forer une entrée entre deux rondins quelque peu écartés. Au tableau noir, on pouvait déchiffrer, ainsi que dans ces messages tronqués du passé, quelques bribes de la dernière leçon d'Armand Dubreuil: les noms... al... au pluriel... cependant bal, chacal... La brosse avait entamé le reste. La carte du monde pendait de travers.

Luzina avait dit plusieurs fois: «Faut pas laisser l'école tomber en démence.» Mais un jour, ne sachant où serrer un sac de grain, Hippolyte l'avait déposé dans un coin de l'école. Pierre y fourrait ses engins de pêche. Des pièges à loup y furent remisés. La petite école était

117

en passe de devenir un débarras. Et l'été coulait tel la Poule d'Eau elle-même, engourdie en ses roseaux. Pourquoi mettre des chaussures maintenant? Pierre abandonna ses livres. Il avait souvent été humilié, contrarié; il s'était senti, à l'école, très en retard pour son âge. Maintenant, il était soulagé d'aller enfin, en homme fait et tranquille, aux affaires importantes de la vie: les moutons, la pêche, le bois à scier. Cependant Joséphine était devenue la maîtresse d'école dans l'île de la Petite Poule d'Eau. Elle menait, en rangs, quatre ou cinq petits Tousignant dans un coin de la cuisine ou dehors sous un bouleau, et elle annonçait d'une mine sérieuse qui rappelait singulièrement mademoiselle Côté:

— L'école va commencer. Saluez. Saluez, exigeait Joséphine.

Luzina avait le cœur gros de voir les enfants refaire du matin au soir leurs devoirs de l'année dernière. Comme pour envenimer les regrets, le ministère de l'Instruction publique continuait à envoyer des brochures, diverses communications. On n'avait pas l'air au gouvernement de savoir que l'école de la Petite Poule d'Eau était fermée. Il arriva d'autres brosses à effacer, puis un paquet de lettres d'enfants de la Nouvelle-Zélande transmises par les bons soins d'une Miss Richardson du ministère de l'Instruction publique. C'étaient les réponses aux lettres écrites deux ans auparavant par les enfants Tousignant sous la direction de Miss O'Rorke. Aux fins de créer et de maintenir des relations cordiales entre les divers sujets du trône d'Angleterre, Miss O'Rorke, dans chaque école où elle passait, imposait aux élèves d'écrire des lettres à leurs petits cousins de l'Afrique du Sud, de l'Australie, de

Terre-Neuve ou de quelque autre partie de l'Empire «sur lequel jamais le soleil ne se couchait».

Cet été, les Tousignant reçurent encore une revue éditée par le ministère de l'Instruction publique. Luzina la feuilletait un matin lorsque, tout à coup, elle poussa un cri de saisissement et d'orgueil. La lettre écrite par Edmond, il y avait deux ans, à un petit ami de la Nouvelle-Zélande, se trouvait bel et bien reproduite sous les yeux de Luzina. La rubrique s'intitulait:

Un écolier de Water Hen District nous décrit sa vie.

Luzina se rappelait très bien la lettre d'Edmond. Miss O'Rorke y avait mis beaucoup de ses idées, surtout vers la fin, en faisant dire à Edmond qu'il était heureux d'appartenir au grand Empire. Elle avait sans doute aidé à l'orthographe et à la ponctuation. Tout de même, quelques petites phrases étaient tout à fait d'Edmond. Plus favorable qu'on ne l'aurait cru à l'originalité, Miss O'Rorke en avait respecté la tournure peu anglaise. Luzina y démêla quelques phrases:

«Je suis à la Petite Poule d'Eau. Ma mère est Mrs. Tousignant. Mon père garde les moutons de Bessette. On a cent quarante-neuf moutons. On est loin des gros chars. J'ai jamais dans toute ma vie pris les gros chars. Mais ma mère prend les gros chars. Elle achète des bébés. Et comment est-ce que tu aimes le New Zealand, toi, mon petit ami de New Zealand? As-tu des moutons? J'aime New Zealand. Envoie-moi donc ton portrait. Je t'enverrai mon portrait si j'en ai un. J'ai encore un nouveau petit bébé. On a beaucoup de bébés. As-tu un bébé?»

Et c'était signé en toutes lettres: Rosario-Lorenzo-Edmond Tousignant.

— Mon Dieu! Mon Dieu! s'extasiait Luzina.

La réponse de l'ami d'Edmond figurait aussi dans la même page, sous le titre:

Quelques mots de Bill McEwan.

Plus chanceux qu'Edmond, Bill McEwan apparaissait, photographié chez lui, dans une éclaircie de fort grands arbres et adossé à une petite bâtisse en planches. Apparemment, ce pays de la Nouvelle-Zélande ressemblait d'assez près à la Petite Poule d'Eau. Il parlait lui aussi de moutons.

Luzina partit à la course rejoindre Hippolyte dans le parc aux moutons. Elle agitait la revue.

— La lettre d'Edmond!

Que racontait donc Luzina! Edmond n'était point parti, à ce que comprenait Hippolyte, pour se mêler d'écrire des lettres. Luzina étala la revue ouverte sous les yeux d'Hippolyte. Il était occupé. Ses mains continuaient à soigner une brebis malade. Il commença de lire quelques mots. «Je suis à la Petite Poule d'Eau. Mon père garde les moutons de Bessette...»

Une émotion curieuse empoigna Hippolyte. D'abord, il éprouva de la gêne que ses affaires, par la faute d'Edmond, fussent pour ainsi dire connues maintenant jusqu'en Nouvelle-Zélande. Mais la faute d'orgueil étant commise, il n'y avait plus qu'à supporter la célébrité qu'elle entraînait, du mieux possible, en n'en paraissant pas trop gonflé. Tels avaient été à peu près les sentiments de Luzina. Voir proclamer à travers tout l'Empire qu'elle avait tant de bébés ne lui avait pas entièrement plu, à la première impression; on n'acquérait peut-être pas la renommée de la façon que l'on aurait choisie. Néanmoins, accablante ou agréable, le fait restait que c'était par le petit Edmond qu'ils l'avaient atteinte, et on ne pouvait longtemps lui tenir rigueur d'un tel cadeau. Que la lettre eût été écrite en anglais, langue pour eux étrangère, tout juste compréhensible, insolite, fut pourtant, en définitive, ce qui leur causa le plus de fierté. Cet honneur, ils pouvaient l'accueillir à leur aise.

— Une lettre si bien écrite, et même pas dans sa langue! dit Luzina.

Cet enfant-là, d'ailleurs, ne leur avait jamais apporté que de la considération.

— Déjà, dans le temps de mademoiselle Côté, rappela Luzina, il répondait bien aux questions.

Elle entendait de très loin:

— La Petite Poule d'Eau aussi, Mademoiselle?

— Mais oui, mon petit Edmond, tout cela, tout ce pays était à la France.

Comme toutes les époques heureuses qui passent toujours trop rapidement, celle de l'école paraissait avoir fui incroyablement vite. Elle entendait encore, du fond de sa complaisance maternelle, un éclat de rire, un avertissement peut-être: «Et qu'est-ce qu'ils feront de la grammaire, de l'orthographe, les petits Tousignant, dans l'île de la Poule d'Eau?»

Eh bien, voici ce qu'ils en faisaient: ils écrivaient jusqu'en Nouvelle-Zélande; ils se faisaient connaître au loin; ils avaient des amis ailleurs de par le monde. Est-ce que cela n'était pas une réponse?

«Et puis après? insistait la voix moqueuse du maître. Ils oublieront peu à peu ce qu'ils auront appris, et alors à quoi vous aura servi l'école!»

C'était la menace la plus claire qu'il avait laissé
planer sur elle, et qu'elle redoutait davantage. Oublier
lui paraissait pire que de ne pas apprendre. Oublier,
c'était laisser perdre quelque chose que l'on avait acquis, et c'était plus grave que de ne pas s'instruire.
L'oubli n'était ni plus ni moins que de l'ingratitude. Or,
une fois, à la veillée, ils se mirent tous ensemble à
chercher le nom du gouverneur du Canada, qu'ils
avaient connu un jour.

— On l'a su, on devrait le retrouver, dit Luzina.
Cherchons bien.

Mais aucun ne trouva le nom du gouverneur. Il
paraissait pourtant être dans leur mémoire, mais il s'a-
musait à se dissimuler et leur effort ne l'y découvrait
point. Joséphine, au souvenir si fidèle, se tut. Edmond
lui-même dit qu'il avait oublié. Ce nom de gouverneur,
ce n'était pas une si grande perte. Hippolyte grommela
qu'elle ne les empêcherait ni de manger, ni de dormir
en paix, mais Luzina demeura préoccupée. À plusieurs
reprises, en plein jour, on la vit assise, les yeux dans le
vague; elle cherchait le nom du gouverneur qui devait
commencer par un T. On perdait un jour le nom du
gouverneur, dit-elle, et le lendemain autre chose. Alors,
elle commença de réfléchir que si l'un d'entre eux
conservait les connaissances acquises, tout ne serait pas
perdu. Ses yeux tombaient sur Edmond. «Ou bien ils
oublieront petit à petit, disait Armand Dubreuil, ou bien
ils devront continuer à apprendre.» Edmond était le plus
instruit d'eux tous. C'était bien à lui que revenait le droit
de garder leurs connaissances. Sur ce, ne le cherchant
plus, un beau soir, Luzina trouva le nom du gouverneur.
C'était Tweedsmuir. Mais sa crainte avait été vive, et le
restait. Edmond devrait les préserver de pareilles

alertes. Cependant, l'imagination de Luzina escamotait les difficultés. Elle ne voyait pas encore que, pour s'instruire, Edmond devrait les quitter, rester au loin. Après il fut trop tard pour reculer. Hippolyte avait consenti, croyant plaire à Luzina. Et Luzina ne pouvait revenir en arrière, par crainte d'attrister Hippolyte. L'automne était déjà tout proche. De jour en jour les oiseaux volaient plus haut. Ils s'exerçaient à leur long voyage. Un de ces matins, en se levant, on serait étonné du silence inusité qui régnerait sur les roseaux déserts. À l'aube, alors que l'on ne se douterait encore de rien, les oiseaux seraient partis. À cette heure où l'on découvrirait leur départ, ils seraient déjà loin; ils auraient franchi une bonne étape vers la Floride où, paraît-il, le soleil brillait toute l'année et où il y avait tout le temps des fleurs. Même la vie d'un petit oiseau avait ses mystères. Ils paraissaient désirer des choses qu'ils n'avaient jamais connues.

Vers ce temps de l'année où émigraient les oiseaux du Nord partit le premier des enfants Tousignant.

X

Il y avait maintenant quatre ans qu'une grande ambition avait soulevé Joséphine: marcher sur des talons hauts, d'une démarche légère et pleine de grâce comme Mademoiselle; se coiffer avec des bouclettes sur le front comme Mademoiselle; et, ce qui était beaucoup plus difficile, devenir savante comme Mademoiselle.

Le jour même du départ de mademoiselle Côté, Joséphine l'avait accompagnée jusqu'à la terre ferme, pleurant de grosses larmes: «Qu'est-ce qu'on va devenir, nous autres!» Mais, à la dernière minute, elle avait sorti son livre caché sous son tablier et elle avait demandé:

— Explique-moi au moins cette page avant de partir, Mademoiselle.

— Tu es maintenant capable d'apprendre toute seule, l'avait encouragée mademoiselle Côté. Tous les jours, apprends un petit bout.

À travers le long hiver, assise dans un coin de la cuisine et lisant à voix haute, éplorée, Joséphine avait bel et bien atteint la dernière page du deuxième livre de lecture. Alors elle en avait demandé un autre.

Elle n'avait pas beaucoup aimé l'Anglaise. L'Anglaise n'était pas fine comme Mademoiselle. Elle n'était pas belle comme Mademoiselle. Mais presque égale à la fidélité de Joséphine était sa passion d'apprendre. Elle apprit de l'Anglaise parce que c'était tout ce qu'elle avait sous la main et parce que Mademoiselle lui avait recommandé de rester studieuse. Elle connut les contes de Mother Goose. Elle les sut tous par cœur, sans comprendre plus de cinq ou six mots. Mais baragouinant une histoire de fil en aiguille, sans accroc et à toute vapeur, Joséphine passa pour très bien connaître l'anglais dans l'île de la Petite Poule d'Eau.

L'arrivée d'Armand Dubreuil l'avait déçue. Elle n'avait jamais cru possible qu'un homme pût être bon à enseigner. Mais elle n'était point pour abandonner ses tactiques qui consistaient à apprendre de quiconque en connaissait un peu plus que Joséphine. Elle entreprit de relancer Armand Dubreuil à la chasse.

Elle surgissait devant lui, à l'improviste, se cachant derrière les arbres pour le guetter.

— J'ai appris la page que vous m'avez dit d'apprendre, annonçait Joséphine.

Elle le dévisageait d'un coup d'œil défavorable. Il était loin d'être un bon maître. Il ne se donnait pas beaucoup de peine pour expliquer. Il fallait faire presque tout seul. Qu'importe! Il valait mieux que rien.

— C'est bien, mais c'est très bien, Joséphine. T'es vraiment une petite merveille. Va donc apprendre la page suivante puisque tu vas si vite.

— Questionnez-moi au moins pour voir si je la sais, insistait Joséphine.

À la veillée, l'instituteur avait encore la petite fille sur les talons. Elle interrompait ses récits de chasse. Inflexible, tenace, elle le ramenait à son rôle d'éducateur.

— Qu'est-ce que ça veut dire: le sujet?

— Joséphine est une peste. Dans cette phrase, Joséphine est le sujet. C'est elle qui parle. Elle qui agit et m'embête.

Quoiqu'il eût d'énormes défauts, Armand Dubreuil rendait ses leçons claires. De plus, Joséphine se doutait bien qu'il partirait vite, celui-là aussi. Elle tournait autour de lui comme une abeille pressée d'extraire toute l'information, toute la science qu'il détenait.

Avant de partir, Armand Dubreuil distribuait de petits cadeaux.

— Toi, ma petite peste, qu'est-ce que je vais bien te donner?

Sans hésitation, bien déterminée à l'obtenir, elle avait répondu:

— Votre grammaire.

Le maître la lui avait donnée.

Que de complications devaient découler de ce cadeau aride fait à Joséphine! La tête entre ses mains, butée à apprendre, elle se heurtait à d'indéchiffrables textes. Elle ne faisait plus la classe dans l'île de la Petite Poule d'Eau. Ses élèves, Héloïse, Valmore-Gervais et la toute petite Marie-Ange, en vain se mettaient en rangs et venaient lui demander de jouer à l'école. Joséphine avait besoin d'avancer elle-même. Un jour, sa petite voix désolée s'éleva à travers tous les bruits de la maison au moment où Luzina avait déjà vingt choses à accomplir.

— Maman! Qu'est-ce que c'est un complément indirect?

Luzina cessa d'agiter son pot-au-feu. Elle resta tout étourdie du vide qu'elle contemplait. Un complément indirect! Voyons, elle avait dû apprendre ce que c'était dans son temps! Un complément indirect! C'était loin, beaucoup plus loin que le nom du gouverneur, de nouveau oublié. Sans doute était-ce perdu à tout jamais.

Assez lâchement Luzina conseilla:

— Demande à ton père.

Lui, il ne croyait pas avoir jamais su ce que c'était qu'un complément indirect.

— Demande à ta mère.

Joséphine s'impatientait.

— Maman, bon, je veux savoir!

C'en fut trop tout à coup pour Luzina. Elle se fâcha. Est-ce qu'elle pouvait tout faire: élever onze enfants indociles, leur servir à manger, ravauder leur linge, s'occuper du père à peine plus raisonnable et, en plus de tout cela, connaître encore la grammaire. Doux Jésus! Personne n'y aurait suffi. Et d'abord, cette grammaire l'avait assez fatiguée. Elle en avait bien assez entendu parler.

— Tiens, je m'en vas la mettre au feu, décida Luzina.

Mettre la grammaire de Joséphine au feu! À peine Luzina eut-elle entrevu le sens de sa menace qu'elle devint instantanément repentante, aimable, persuasive. Que lui arrivait-il donc! Longtemps elle avait vécu au milieu de ses enfants, douce, indulgente, tranquille elle-même comme un enfant, imaginant qu'ils deviendraient très instruits, connaîtraient beaucoup plus de choses qu'elle n'en savait. Elle n'avait pas entrevu qu'ils poseraient des questions accablantes, la trouveraient ignorante.

— Je m'en vais te montrer à coudre, offrit-elle avec une amabilité excessive. Prends du fil, une aiguille. C'est bien plus utile de savoir coudre que d'apprendre la grammaire.

— Je vas me faire maîtresse d'école, dit Joséphine.

— Eh bien, c'est ça, dit Luzina, conciliante. Fais la classe à tes petits frères et à tes petites sœurs. T'en sais long. Montre-leur ce que tu sais. Jouez encore à l'école.

— Je vas me faire une vraie maîtresse d'école, poursuivit Joséphine.

Une assez sournoise stratégie de défense apparut alors à Luzina.

— Comme la pauvre Anglaise, je suppose! T'as envie de courir les pires écoles comme notre vieille Miss O'Rorke. Il n'y a pas de pire misère qu'être maîtresse d'école.

— Je m'en vas pas faire une maîtresse d'école comme Miss O'Rorke, fit Joséphine sévèrement. Je m'en vas faire une maîtresse d'école comme mademoiselle Côté.

— Pour faire une maîtresse d'école, dit Luzina, il faudrait que tu ailles au couvent des années, puis des années. Tu serais enfermée, au loin. Faudrait que tu fasses au goût des Sœurs tout le temps. Et d'abord, il faudrait que tu partes toute seule avec le vieux Nick

Sluzick, que tu prennes les gros chars. Une petite puce comme toi, tu penses que ç'aurait du bon sens!

Ne s'en apercevant point, Luzina venait d'ouvrir à la petite Joséphine l'exact chemin des grands projets qu'elle entendait poursuivre. C'était en effet ainsi que Joséphine procéderait. Elle monterait à côté du facteur dans la plus grosse automobile du pays. Joséphine n'en avait point vu d'autres. Elle voyagerait des milles et des milles. Cent milles peut-être. Elle arriverait à la colonie qui était dix fois plus grande que toutes les bâtisses réunies du ranch. Mais elle irait plus loin. Attendez! Joséphine irait jusqu'à Rorketon. Là, c'était dix mille fois plus grand qu'à Portage-des-Prés. Il y avait le chemin de fer à Rorketon. Joséphine se cala au fond d'une chaise de la cuisine comme si elle eût été installée dans un train, et elle regarda venir vers elle le sud du Manitoba. Ses tresses étaient balancées par les secousses du train, Joséphine roulait de plus en plus vite. Ses paupières battaient comme si elle eût reçu au visage le souffle brûlant de la locomotive. Elle arrivait à Winnipeg. Joséphine descendait dans la capitale du Manitoba. À ce point du voyage, Joséphine atteignait quelque chose de si colossal qu'elle renonçait à toute comparaison avec ce qu'elle connaissait déjà. Tout simplement, Joséphine restait suspendue à travers l'inconnu, un bout de langue avide léchant sa lèvre.

— Passe encore pour des garçons, consentit Luzina, d'aller s'instruire au loin. Mais une petite fille a pas tant que cela besoin de s'instruire.

— Mademoiselle était une fille, trancha Joséphine. Et elle était plus instruite encore que monsieur Dubreuil.

— Non, non, non, soutint Luzina, monsieur Dubreuil l'a dit lui-même: il avait son baccalauréat.

— T'as dit toi-même, rappela Joséphine, que Mademoiselle était la fille la plus fine du monde.

— Ah, celle-là!

Luzina venait de lancer un regard navré vers l'ancienne chambre de mademoiselle Côté. Miss O'Rorke l'avait occupée et mise sens dessus dessous avec sa manie de déplacer les meubles tous les deux jours. Armand Dubreuil l'avait transformée en arsenal. Le père capucin y avait couché, en définitive, et on continuait à l'appeler: la chambre de Mademoiselle. Leur première maîtresse en était partie depuis plus de quatre ans, mais elle était toujours avec eux, indélogeable, inattaquable. Elle répondait par la bouche des enfants. Elle gagnait sur tous les points. C'était elle au fond qui avait fini par attirer Edmond puis Charles. Et maintenant il était clair qu'elle aurait Joséphine.

Luzina s'assit à la grande table de la cuisine pour écrire à sa sœur Blanche qui habitait Saint-Jean-Baptiste où il y avait un couvent. Elle lui demandait si elle ne prendrait pas Joséphine qui était «une bonne petite fille, studieuse, appliquée, serviable, pas trop tannante, entêtée comme pas une, mais plutôt pour apprendre...» Et de temps en temps, énervée par les efforts que lui demandait toute lettre, Luzina réclamait le silence autour d'elle et s'en prenait principalement à Joséphine: «Petite tête dure! Les Sœurs t'en passeront pas comme je t'en ai passé... Tu verras que ce sera pas toujours drôle, au couvent...»

Luzina avait tellement ri dans sa vie que les plis, l'expression du visage étaient fixés par la bonne humeur. Ses gronderies, ses plaintes n'avaient jamais l'air bien sérieuses. Tels ces vieux Indiens qu'on ne peut imaginer tristes parce que leurs yeux à force de fixer le soleil semblent toujours clignoter d'une aimable malice, la pauvre Luzina était condamnée à un grave malentendu. «Maman est toujours gaie. Maman prend bien les choses», disaient les enfants.

Comme elle reniflait en taillant la robe de couvent de Joséphine, Hippolyte crut qu'elle avait le rhume et l'engagea à placer sa machine à coudre plus près du Pôle. Il avait voulu dire: le poêle, et l'expression les fit tous rire, même Luzina qui avait tant d'aversion en ce moment envers le Pôle.

C'était au printemps, mais il faisait encore assez froid, lorsque la famille s'en fut remettre Joséphine au facteur. Du siège élevé de la vieille Ford, Nick Sluzick vit un singulier spectacle. La bande Tousignant, au complet, s'en venait à la queue leu leu. Le père et un des fils portaient une caisse de bois sombre qui, de loin, avait tout l'air d'un petit cercueil. Au milieu d'eux s'avançait une petite fille toute en noir. Le groupe en partie visible au-dessus des roseaux défilait comme pour un enterrement. Hissée à hauteur d'épaules, la caisse de bois, dans l'air, cahotait.

Qu'est-ce qui les prenait donc aujourd'hui?

L'attente énervait le bonhomme. Il en avait encore pour cinq minutes peut-être à attendre les Tousignant, du train où ils venaient. Elles suffirent au vieux Sluzick pour récapituler sa recherche du bonheur.

Quinze ans plus tôt, il était arrivé tout fin seul dans ce pays, et il avait pu croire qu'il y vivrait en paix. Personne ne savait écrire et lire dans ces bons temps, et personne n'en souffrait. Le progrès, la civilisation, comme ils appelaient les embêtements, avaient tout de même commencé à les rattraper, petit à petit, dans le Nord. D'abord, les gens s'étaient fourré dans la tête de recevoir des lettres, des catalogues de magasin. Les catalogues de magasin, voilà à peu près ce qu'il y avait de plus bête au monde! C'était encombrant. Ça vous bourrait un sac en un rien de temps, et pourquoi, je vous demande! Rien que pour vous démontrer que vous auriez maintenant besoin d'un tas de choses dont vous vous étiez parfaitement passé: des lampes à manchon incandescent, des casseroles d'aluminium, des poêles émaillés. Des poêles émaillés, vous vous rendez compte; on en était rendu là! De plus, la population augmentait tous les printemps que c'était comme une sorte d'épidémie. Avec tous leurs enfants, les Tousignant s'étaient mis en tête d'avoir une maîtresse.

À demi allongé sur la banquette, les pieds hors de l'auto, Nick lança un crachat par-dessus bord. Il visa le garde-boue défoncé.

Pouah! Il aurait dû comprendre que la vie n'était plus tenable par ici dès le jour où il avait trimbalé cette espèce de vieille toquée qui entendait lui montrer le chemin de la Petite Poule d'Eau! Depuis cinq ans, il n'arrêtait plus de trimbaler du monde, à l'aller, au retour. C'était un feu roulant. À peine avait-il amené du monde par ici, au mois de mai, que c'était le mois d'octobre et qu'il fallait reprendre tout ce monde le long de la piste. Il valait bien la peine d'être parti du fond des Carpates, d'avoir traversé presque tout le Canada pour aboutir à un trafic comme il s'en déroulait maintenant par ici. Voilà-t-il pas qu'une bonne fois, l'année dernière ou l'année d'avant, il avait embarqué une espèce de guerrier. Le type se disait maître d'école, mais ne venez pas dire à Nick Sluzick qu'il n'y avait pas de l'espionnage dans cette histoire. Nick Sluzick s'était retourné, et il avait vu sa Ford pleine jusqu'au bord de machines de guerre. De quoi la détraquer à tout jamais. Cette vieille Ford, c'était déjà beau qu'elle pût rouler. À chaque voyage, il fallait ramper en dessous, changer une roue, dévisser le carburateur; il fallait pour ainsi dire la mettre en pièces puis la remettre ensemble à chaque voyage. On ne pouvait pas lui demander de trimbaler des bagages, du monde, des sacs de courrier, des espions. Nick Sluzick la vendrait aujourd'hui même, pendant qu'elle roulait encore. Elle était aujourd'hui dans ses bons jours. Nick s'en débarrasserait. C'était une bonne petite auto. Tout y était remis à neuf. Elle pouvait courir indéfiniment. Ainsi, Nick vendrait sa vieille patraque, et il décamperait ensuite, le plus vite possible, à l'Île-aux-Renards, trente-cinq milles plus au nord. Il avait amené tous ces Tousignant l'un après l'autre quand ils n'avaient pas plus de dix ou douze jours, gros comme des lapins. Il avait eu une peine de chien à les amener vivants. Ça pleurait de froid, de faim. Il avait bien failli en noyer un dans une mare, au dégel. Il en avait presque perdu un autre dans la neige, en pleine tempête de mars. C'était miracle si deux ou trois autres ne lui étaient nés dans les bras, à l'aller, au beau milieu de la brousse, tant ces gens-là étaient pressés. Ah, pour vrai, Nick Sluzick avait eu assez de difficultés à livrer, vivante, la population Tousignant. Il n'était pas maintenant pour les sortir de leur île, les uns après les autres.

Joséphine venait justement de prendre place sur le siège, entre le facteur et Hippolyte qui allait la conduire jusqu'à Rorketon. Là, il demanderait au chef de train de s'occuper de l'enfant et de la mettre lui-même dans le train de Winnipeg, ce qu'il avait déjà fait pour Edmond et Charles. La tante Blanche serait descendue dans la capitale pour recevoir Joséphine. Gonflée de son importance, Joséphine sentait battre en son cœur un amour qui embrassait presque toute l'humanité.

Le nez du facteur coulait abondamment. Son catarrhe était devenu tel que, l'été comme l'hiver, Nick Sluzick distillait un liquide argenté dont les fils, suspendus entre les poils des narines et le crin de sa moustache, se croisaient, s'entrecroisaient de plusieurs façons et lui composaient comme une sorte de petite muselière délicate et pourtant résistante. Mais Joséphine, qui allait s'instruire, éprouvait une toute nouvelle indulgence pour les gens d'ici, malpropres pour la seule raison qu'ils ne connaissaient pas mieux. Quelque chose d'étrange poussait aujourd'hui au cœur de Joséphine. Sa grande amitié pour le monde allait déjà de préférence aux infortunés, aux ignorants que plus tard elle aurait la mission d'éduquer. Elle tourna vers le facteur un petit visage de maîtresse d'école qui comprenait les choses.

Nick attrapa le volant. La Ford sauta par-dessus une grosse motte, dégringola dans un trou d'eau, grimpa sur le bord de la piste. Luzina s'était mise à courir pour la rattraper. Les deux mains tendues, elle buta contre un caillou, elle voyait encore le petit liséré blanc à la robe noire de Joséphine. Elle s'arrêta. Ses yeux s'agrandirent. Luzina voyait tout à coup beaucoup plus qu'un détail du costume de sa fille. Pendant longtemps elle avait été la seule à voyager. Presque tous les ans elle partait, et elle faisait vite afin de revenir avec un enfant de plus contre le désert à peupler. Maintenant, elle restait, et c'étaient les enfants qui partaient. Luzina voyait en quelque sorte la vie. Et elle n'en croyait pas son bon cœur: la vie qu'elle avait tant aidée, déjà, petit à petit, l'abandonnait.

XI

Elle ne pouvait plus tenir le coup. Elle eut encore des enfants, mais à des intervalles beaucoup plus longs et, bientôt, il sembla que ce fût terminé. Mais les enfants continuaient à partir. Après Joséphine, André-Amable et Roberta-Louise. Où avait-elle pris, celle-là, son étrange vocation de garde-malade? De l'un à l'autre, il fallait croire qu'ils arrivaient à se communiquer l'ancienne maladie déposée dans la maison par mademoiselle Côté. Joséphine à peine partie, Héloïse s'était constituée maîtresse d'école à la Petite Poule d'Eau. Elle enseignait qu'il y avait neuf provinces, que le monde était grand, grand comme dix mille fois Portage-des-Prés. Ne le savait-on pas assez, hélas! Edmond et Charles poursuivaient leurs études au Collège de Saint-Boniface. Un oncle d'Hippolyte, curé, payait leur pension. Edmond était en belles-lettres; Charles en rhétorique; Joséphine dans ses lettres parlait de calculs composés et de botanique. Elle avait eu la médaille de Monseigneur Yelle, coadjuteur de Monseigneur Béliveau.

Il y avait eu un temps où Luzina pouvait guider ses enfants: ba be bi bo bu; un autre temps où elle réussissait à les suivre tant bien que mal. La cuisine se transformait le soir en salle d'étude. Les écoliers y étalaient leurs livres, leurs cahiers. «Maman, la bouteille d'encre!» Luzina mouchait la lampe. Il fallait prendre bien soin de ses yeux, si on voulait faire de bonnes études. Elle allait chercher son propre travail de ravaudage. Si elle devait se relever pour une aiguille ou du fil, elle le faisait doucement, sur la pointe des pieds. Elle se rassoyait au bord de l'instruction. Elle en saisissait sa petite part. Tout en rapiéçant des fonds de culottes, elle attrapait une exigence de la grammaire, un petit bout d'histoire. Frontenac faisait savoir au commandant de la flotte anglaise: «Je vous répondrai par la bouche de mes canons!»

De son coin, Luzina approuvait: «C'est bien répondu.» Son aiguille volait. Le temps de réparer la culotte d'Edmond, et les Anglais étaient repoussés. Que le vieux gouverneur irascible lui plaisait donc en ce temps-là. N'ayant jamais vu ni flotte ni canons, Luzina n'imaginait aucun gâchis dans sa plaisante reconstruction de l'histoire. Ce n'était pas tellement, au reste, la victoire des uns ni la défaite des autres qui l'intéressait, mais bien le fait d'apprendre. Elle mettait une date de côté, comme s'il se fût agi d'une bobine de fil, d'un bout de retaille serrés par elle, en se disant: «Il faudra que je me souvienne de cela.» Tant et si bien qu'à force de tout conserver, elle avait pu de temps en temps sortir un petit renseignement dont justement on sentait le besoin. Mademoiselle Côté elle-même avait été étonnée. «Mais savez-vous, madame Tousignant, que vous avez des aptitudes.» Pour cette seule parole, Luzina aurait sauté au cou de la maîtresse. Luzina n'était pas une femme malheureuse. Elle ne croyait pas avoir sujet de se plaindre. Sa vie lui paraissait aussi bonne qu'elle le méritait, et pourtant, quelquefois, elle avait éprouvé un bref pincement au cœur, la tristesse commune à tous ceux qui vivent sur terre de n'être pas totalement compris. Or, c'était bien la joie vive d'être découverte et point raillée dans son timide goût d'apprendre que les bonnes paroles de la maîtresse avaient ce jour-là mise dans les yeux de Luzina soudain brillants de reconnaissance. Après le cours du soir, elle se couchait presque aussi surexcitée que les enfants; elle récapitulait les leçons; sa tâche de ménagère compliquait sa vie d'écolière; les soucis s'entremêlaient. Ses progrès ralentirent. Et puis, tout à coup, elle était dépassée. Il n'y aurait plus jamais moyen de rattraper les enfants. La syntaxe, le latin, le grec! La médaille de Monseigneur!

*   *   *

Luzina entrait encore quelquefois dans la petite école. Les bouleaux avaient grandi et projetaient beaucoup d'ombre contre les fenêtres qu'Hippolyte avait voulu ouvertes à autant de clarté que possible. La petite pièce recevait une lumière verte et triste. Pour atteindre l'estrade, Luzina devait enjamber quelques tuyaux de poêle, des rouleaux de corde, repousser une meule à aiguiser les couteaux. L'école sentait le moisi, l'odeur du papier vieilli et trempé. Luzina tirait le cordon d'une des grandes cartes envoyées naguère par le gouvernement. Le Manitoba lui apparaissait, presque aussi grand que le mur. Le papier fort s'était quelque peu décollé çà et là de la toile qui lui servait de soutien. Le Manitoba se gonflait par places en bouillons ainsi que ces cartes où les chaînes de montagnes sont indiquées en relief. Mais ici, c'était la plaine uniforme qui se levait, s'affaissait, crevait. Une lueur sous-marine touchait la vieille carte gaufrée et verdissante. C'était comme si elle eût voulu présenter à Luzina un monde qui partout avait des raisons de s'attrister. Tout au bas de la carte, Luzina voyait une zone assez bien noircie de noms de rivières, de villages et de villes. C'était le Sud. Presque tous les villages avaient droit à la géographie dans le Sud. Le doigt de Luzina partait en exploration sur les degrés de longitude et de latitude. Avec amour, de temps en temps, elle tâchait de défaire les plis de la carte. Enfin, elle repérait Otterburne. André-Amable était à cet endroit exact, chez les clercs de Saint-Viateur où il apprenait l'apiculture. Le doigt de Luzina continuait plus loin. Elle situait ici, à Saint-Jean-Baptiste, la petite Héloïse que la tante Blanche avait fait venir dès que Joséphine avait été assez avancée. Luzina remontait plus haut chercher Roberta-Louise à l'hôpital de Dauphin. La vieille carte lui parlait presque comme une amie et aussi comme une voleuse. Elle suintait. En l'effleurant, en la réchauffant de sa main, Luzina lui arrachait de petites gouttes d'humidité, ténues, froides, qui, sous ses doigts, lui faisaient l'effet bizarre de larmes. Le Manitoba lui paraissait alors s'ennuyer. Si grand, si peu couvert de noms, presque entièrement livré à ces larges étendues dépouillées qui figuraient les lacs et les espaces inhabités! De plus en plus vide, de papier seulement et sans caractères écrits, plus on remontait vers le Nord. Il semblait que toutes les indications se fussent groupées ensemble sur cette carte comme pour se communiquer un peu de chaleur, se fussent resserrées dans le même coin du Sud. Elles devaient s'y traduire en abréviations, tant, parfois, la place leur manquait, mais, plus haut, elles s'étalaient à leur aise, aucunement bousculées. Mademoiselle Côté avait enseigné que les trois quarts de la population du Manitoba habitaient tous ce bout-ci de la carte que Luzina pouvait couvrir de ses deux mains. Cela laissait peu de monde pour le Nord! Si vide en cette région, la vieille carte paraissait vouloir venger Luzina. Elle portait en grosses lettres le nom de la Water Hen River. Cependant, elle se taisait sur l'existence de l'île de la Petite Poule d'Eau.

Luzina s'assoyait un instant au pupitre de la maîtresse, tout en haut de l'estrade. Joséphine devait être grande maintenant. Sa tante Blanche écrivait qu'elle avait encore eu un prix. Au concours de l'Association des Canadiens français du Manitoba, elle avait obtenu le prix du français décerné par la Fédération des Dames canadiennes-françaises du Manitoba. «Je voudrais que tu la voies, racontait la tante, dans la robe blanche que je lui ai faite pour les cérémonies de réception au couvent.» Un de ces jours Luzina recevrait un petit portrait commandé à Winnipeg et un autre aussi d'Héloïse où elle verrait comme la petite avait également bonne mine. Edmond avait décroché un accessit d'anglais. Il avait toujours eu des facilités aussi pour l'anglais. Accessit! Dans un tiroir du pupitre de la maîtresse, il se trouvait encore un petit dictionnaire. Pour être sûre de mettre la main sur le dictionnaire quand on en aurait besoin, Luzina avait soutenu qu'il valait mieux le laisser à sa place qui était dans le tiroir même de mademoiselle Côté. Elle chercha accessit. «Nomination décernée dans les écoles ou dans les académies à ceux qui ont le plus approché du prix...» Ah, tiens donc, ce n'était pas le prix lui-même mais une approche seulement! Luzina aurait cru que c'était mieux que cela. Edmond s'était peut-être vu couper l'herbe sous le pied par un élève chéri des professeurs. Pauvre Miss O'Rorke! Où pouvait-elle être maintenant? Luzina en avait eu des nouvelles, une fois. Miss O'Rorke avait écrit qu'elle se sentait vieille et qu'elle songeait à prendre enfin sa retraite dans son cher Ontario, en pays civilisé. Elle s'informait d'Edmond. Elle aurait été contente d'apprendre qu'il avait eu un accessit en anglais. Pauvre Anglaise! Avec le temps, Luzina s'en était fait une véritable amie de cœur, la seule femme au monde peut-être à comprendre parfaitement la solitude. Elle croyait entendre tout à coup comme un léger bruit de page tournée. Son regard se tendait vers un coin sombre de la petite école. Ce n'étaient que des mulots qui poussaient de leur museau un cahier abandonné. Depuis cinq ans, Blanche annonçait qu'elle viendrait un jour voir ce fameux pays de la Poule d'Eau et qu'elle amènerait les petites. N'ayant jamais eu de filles, Blanche prétendait que c'était le Bon Dieu qui lui avait envoyé Joséphine et ensuite Héloïse pour être la consolation et l'orgueil de sa vie. Quant au curé, oncle d'Hippolyte, il parlait de ses neveux comme s'il avait bien pu réussir, tout seul, à les mettre au monde. Luzina aurait bien aimé parfois le voir assis avec un ventre gonflé dans le traîneau du facteur par une tempête de neige et fouette ton cheval, mon vieux Nick Sluzick, si tu veux que j'arrive à temps, et toi aussi, Ivan Bratislovsky, fouette ton cheval!

Elle se revoyait, cahotant sur la croûte durcie du mauvais trail. Arriverait-elle à temps? N'arriverait-elle pas? Elle prenait ses précautions; elle tâchait de partir au moins une semaine à l'avance. Elle ne pouvait tout de même pas abandonner la maison trop longtemps. Elle changeait de relais en vitesse. Les secousses, les émotions du voyage hâtaient parfois la nature. Elle n'était pas encore tranquille quand enfin elle avait pris le train. Ce n'était pas le moment de se relâcher. Pour un peu, elle aurait prié le mécanicien de presser l'allure. Le vieux chef de train à la jambe de bois la connaissait. Toutes les cinq minutes il venait lui demander si elle se portait bien. Les roues tournaient, le train sifflait. Avant de venir au monde, les enfants de Luzina connaissaient toutes sortes de transes, de moyens de locomotion et, finalement, cette dernière étape en chemin de fer qui, avec ses coups de sifflet, le martèlement des rails, semblait particulièrement les agiter. Luzina n'arrivait presque toujours que de justesse à l'hôpital de Sainte-Rose-du-Lac. À peine avait-elle franchi la porte que le vieux docteur Magnan arrivait derrière elle, tout essoufflé. Il la grondait: «Avez-vous donc entrepris de peupler toute seule la Petite Poule d'Eau!...»

Luzina revenait au présent. Elle se trouvait assise seule dans la petite école. Elle souriait un moment au souvenir de ses anciennes prouesses. Mais aussitôt elle se réjouissait de penser que quelques-uns de ses enfants étaient soustraits aux difficultés qu'elle avait connues.

Son ressentiment envers l'oncle d'Hippolyte tournait en reconnaissance. Lui-même ne pouvait savoir au reste de quel désert il les avait tirés. Si peu habitée, la contrée de la Petite Poule d'Eau trouvait pourtant le moyen de se vider.

Les plus proches voisins de Luzina, des métis du nom de Mackenzie, établis depuis six mois sur la terre ferme, à peu près vers le point d'arrêt du courrier, à deux milles du ranch, venaient de déguerpir.

C'était d'ailleurs ce départ qui avait porté le coup de grâce à l'espoir de Luzina de voir un jour rouvrir sa petite école. En pourparlers avec le gouvernement elle avait alors affaire à un Mr. Stewart J. Acheson. Qu'était-il donc arrivé au bon Mr. Evans? Luzina le regrettait. Le successeur était beaucoup moins coulant. Il exigeait au moins sept écoliers en âge d'inscription scolaire, c'est-à-dire très exactement entre six et quatorze ans. Des petits Tousignant de cet âge, encore à la maison, il n'en restait que quatre. Mais les Mackenzie avaient six enfants. Presque des petits sauvages, deminus, barbouillés, qui parlaient on ne savait quelle langue: un peu d'anglais, du français très approximatif et sans doute un peu de saulteux mêlé avec quelques mots cris peut-être. Qu'importe! Luzina avait jeté les yeux de ce côté. Elle avait fait une visite à la Mackenzie. Une petite cabane en rondins, sale, enfumée, garnie de paillasses à même le plancher. Le côté sauvage de la famille venait surtout de la mère. Des yeux fuyants, hypocrites et craintifs. Luzina s'était faite amicale, enthousiaste. Elle avait apporté du beurre frais, des confitures de pimbina afin de mieux gagner les métis aux bienfaits de l'instruction. «Si on écrit au gouvernement, les deux familles ensemble, on peut lui forcer la main; on est sûr d'obtenir une maîtresse d'école.» Peine perdue. Les métis se souciaient d'une école comme d'une prison, d'un cachot muni de barreaux. Luzina avait alors commis l'imprudence de mêler la loi à ses aimables descriptions de l'école. Tous les enfants de six à quatorze ans étaient tenus de fréquenter l'école. C'était la loi, c'était grave. On pouvait s'attirer une amende, d'autres punitions en ignorant la loi. Le gouvernement avait des inspecteurs qui venaient chercher chez eux les enfants récalcitrants. Le gouvernement avait le bras long.

Peut-être réussit-elle de la sorte à faire décamper les Mackenzie plus vite qu'il n'était dans leur habitude pourtant rapide de disparaître. Au hasard de retraites giboyeuses, en un territoire de quarante milles, ils possédaient trois autres cabanes dans le genre de celle qu'ils occupaient de temps en temps sur le trajet de Nick Sluzick. C'était d'ailleurs peu compliqué pour eux de lever le camp. Comme les Indiens, ils n'avaient presque rien, et ceci: poêle et marmites, ils le laissaient volontiers derrière eux, histoire de partir plus librement.

XII

Les hivers semblaient devenir de plus en plus rudes à la Petite Poule d'Eau. Avant la fin d'octobre, cette année, la neige recouvrit l'île entière. C'était partout blanc et figé. Les touffes de roseaux arrondis sous leur mante de neige ressemblaient à des moutons gelés. Ainsi le paysage d'hiver rappelait encore un peu celui de l'été. Mais le vent était d'une extrême violence. Il acquérait une vélocité insensée à parcourir tant de plaines glacées, de rivières immobiles, de lacs pris en un seul bloc solide, ces espaces soumis qui ne lui opposaient pas d'autre obstacle que leurs roseaux décharnés. L'habitation des Tousignant, avec ses murs épais, sa forme longue plutôt que haute, ses fenêtres petites et près du sol, était la première maison que le vent du nord-ouest depuis le Pôle trouvait sur son passage. Il s'y acharnait comme s'il lui eût fallu absolument faire un exemple de cette avancée de colonisation qui, s'il la laissait intacte, aurait demain du renfort, des moyens plus grands de résistance.

Deux fois par jour seulement, on osait ouvrir la porte et affronter le dehors. Hippolyte, lourd, trapu dans sa peau de mouton, une lanterne à la main, même si c'était le milieu du jour, entreprenait de se rendre à la bergerie. Le trajet n'était pas long, une centaine de pieds, mais il arriva plus d'une fois qu'Hippolyte ne put l'accomplir que chaussé de raquettes, élevant au-devant de lui son falot de tempête comme un homme qui aurait cherché sa route, la nuit, en un pays inconnu. Le vent n'arrêtait pas. À peine avait-on réussi à tracer une piste de la maison aux dépendances que la neige fraîche la comblait. Un blizzard s'épuisait-il qu'un autre ouragan accourait du Nord. C'étaient des ennemis bien puissants contre la seule vie de l'île: quelque cent brebis resserrées en une masse confuse, étonnée, presque indistincte dans le demi-jour de l'abri et, dans la maison, cinq humains en tout. De la grande famille de Luzina, il ne restait, pour seconder le père, que Pierre et Norbert; pour elle, Luzina, que Claire-Armelle, la surprise.

Cette surprise lui était arrivée à l'âge de quarante-six ans. Un soir, il y avait de cela quatre années, Luzina était allée retrouver Hippolyte dans le parc aux moutons. Elle s'était assise sur une perche de l'enclos comme au temps où, jeune femme, n'ayant pas encore assez d'enfants pour l'occuper, elle s'ennuyait dans la maison et venait en plein jour faire la causette avec Hippolyte. À la voir perchée sur la clôture, il avait tout de suite compris qu'elle apportait une nouvelle. Et elle, pour la première fois depuis des années, elle avait retrouvé son beau rire clair, gras et quelque peu roucoulant.

— On n'aurait pas tombé plus mal quand bien même on aurait essayé cent ans, dit Luzina. Cette fois, mon homme, mon congé va tomber en plein février.

La «surprise» et sa mère avaient en effet voyagé par des temps comme il s'en trouve peu souvent, même dans les brousses glacées du Manitoba. La neige, les vents, les mauvaises routes, un froid excessif, tout s'était mis d'accord contre les deux voyageuses. Peut-être était-ce pour cette raison que Luzina chérissait tant sa surprise. Ensemble, elles avaient bravé plus de misères que bien des humains n'en rencontrent dans les voyages de leurs vies entières. Peut-être était-ce plutôt que cette petite Claire-Armelle, Luzina croyait que nulle force au monde ne pourrait l'en séparer.

L'hiver continua ses rigueurs. Au mois de décembre, la neige rejetée presque tous les matins de chaque côté du seuil formait comme une espèce de tunnel au bout duquel l'on voyait, un court moment, la face rouge du soleil; puis il faisait sombre.

Alors Luzina eut l'idée de faire transporter l'ancien petit pupitre de Joséphine dans la maison, tout près du poêle. L'école était enneigée jusqu'à ses trois fenêtres. La porte était complètement recouverte. Même quand on eut enlevé la neige qui l'obstruait, elle refusa de s'ouvrir. Elle s'était enfoncée sur elle-même. L'eau avait coulé sur toute sa surface et formé des glaçons qui la retenaient solidement au chambranle. Il fallut la forcer au pic, jeter de l'eau bouillante dans les joints. Hippolyte grogna que Luzina aurait bien pu, si elle avait tellement envie du pupitre de Joséphine, en parler avant l'hiver. Un jour, tout de même, il entra portant entre ses bras le petit meuble raboteux, humide de son long séjour dans l'école et poudré de quelques flocons de neige.

Ce petit pupitre de Joséphine! Malgré sa ténacité à le demander depuis des semaines, Luzina n'avait pas cru si grandement tenir à le revoir. À ses yeux la maison fut un instant pleine d'enfants comme autrefois, chacun dans son coin y étudiant ses leçons à voix haute,

Joséphine plus fort que les autres, mais elle-même en ce temps-là n'avait pas assez compris l'ambition de sa petite fille et quelquefois elle l'avait raillée de vouloir devenir savante comme Mademoiselle. Elle courut au dressoir y chercher la dernière lettre de Joséphine. Joséphine avait commencé cette année sa première classe. Elle écrivait: «Chère maman, quand je suis entrée ce matin dans ma classe et que j'ai vu se tourner vers moi le visage des enfants, j'ai bien pensé à toi. Dire que ce bonheur, je le dois en grande partie, ma chère maman, à ton esprit de sacrifice, à ton dévouement...»

Luzina avait dans sa vie lu autant de romans qu'elle avait pu s'en procurer. Presque tous l'avaient fait pleurer, que le dénouement fût triste ou consolant. Simplement c'était la fin en soi de toute histoire qui la portait à un inconsolable regret. Plus l'histoire avait été belle, et plus elle était chagrinée de la voir achevée. Mais dans quel roman, raconté par main d'auteur, avait-elle assisté à un dénouement mieux conduit, plus satisfaisant que celui de sa propre vie et qui eût pu la faire pleurer davantage! «Un grand merci du fond du cœur... ton dévouement... ton abnégation... C'est toi qui nous as donné le goût d'apprendre...» Joséphine s'exprimait aussi bien que dans les livres. Sa calligraphie droite et méticuleuse donnait du poids, selon Luzina, aux sentiments déjà si bien tournés. Le sommet du difficile pour elle, c'étaient des mots savants tracés d'une main sûre, en caractères bien moulés. Elle le saisissait avec respect dans les expressions les moins familières: l'idéal, la vocation, la réalisation de la personnalité dont parlait Joséphine. Elle le contemplait aussi dans les lettres d'Edmond, mais moins éclatant; Edmond n'avait pas une belle écriture. Dire cependant qu'il terminait ses études de médecine à l'université Laval, dans cette même petite ville de Québec d'où le vieux gouverneur de mademoiselle Côté avait répondu par la bouche de ses canons! Est-ce qu'ils auraient pu se douter seulement, du temps qu'ils entendaient parler de Frontenac à la Poule d'Eau, qu'Edmond, un jour, de ses yeux verrait la petite citadelle de la résistance française! Sa grandeur étrange, Luzina la saisissait ainsi, quelquefois, dans cette distance définitive d'elle à ses enfants.

Cependant, un peu plus loin dans la lettre de Joséphine, elle plissa le front. «Maintenant que je vais gagner, écrivait Joséphine, je vais me charger de l'éducation d'un des enfants. C'est bien mon tour. Tu comprends que l'on ne peut pas négliger la petite Claire-Armelle. D'ici quelques années, j'espère donc que tu pourras me l'envoyer...»

Ça, non, par exemple! L'oncle curé avait eu trois enfants. La tante Blanche trois également. Le docteur Pambrun de Saint-Boniface avait eu Edmond qu'il aidait dans ses études. Le Sud en avait attiré d'autres qui tenaient à vivre plus près des communications. Quelques-uns n'étaient pas très loin, il est vrai, mariés et établis à Rorketon et à Sainte-Rose-du-Lac. Tous tenaient d'ailleurs à faire venir Luzina et Hippolyte. «Pourquoi continuer à habiter la Poule d'Eau?» demandaient-ils. Luzina avait accompli une grande tournée pour les revoir tous. Mais à Winnipeg elle s'était sentie dépaysée. Ce n'était plus du tout la ville telle qu'elle se la rappelait au temps de son voyage de noces. Le Parlement lui avait paru glacial, et l'aspect des bisons plus lourd encore qu'elle ne s'en souvenait. Du reste, elle ne pourrait plus jamais avoir tous ses enfants autour d'elle. Quand elle serait dans le Sud, elle penserait à ceux qui étaient à Rorketon et au ranch; à Rorketon, elle regretterait ceux qui étaient à Saint-Jean-Baptiste; de Saint-Jean-Baptiste, sa pensée partirait vers Dauphin, et ainsi de suite. C'était durant sa visite en plein pays civilisé qu'elle avait d'ailleurs le mieux entendu l'appel plaintif, monotone, le persistant appel des petites poules d'eau. Elle était rentrée par le plus court avec Claire-Armelle qui l'avait accompagnée dans la grande trotte.

Le Bon Dieu lui avait donné celle-ci pour être le bâton de sa vieillesse.

Mais les journées étaient longues. Écrire à tous les coins du pays n'usait pas entièrement les jours d'hiver. La neige s'abattait sur la vitre en flocons humides que retenaient les cadres de bois noir et, peu à peu, de cet appui, la neige montait et bouchait presque tout le carreau. On voyait le dehors à travers un petit morceau de vitre tout juste grand comme l'œil qui s'y appliquait. La poignée de la porte, en métal, était givrée, plus froide aux doigts qu'un glaçon.

Pour passer le temps, un beau jour, Luzina prit la petite «surprise» par la main. Elle la conduisit au pupitre de Joséphine. Encore forte et grasse, Luzina parvint tout juste à s'asseoir au coin du banc. Les vents hurlaient. Tout près de sa fille, Luzina entreprit de lui montrer ses lettres. «C'est A, dit Luzina, A comme ton frère Amable, A comme la petite Armelle.»

En peu d'années, en deux ou trois ans peut-être, l'élève eut une meilleure main pour ainsi dire que la maîtresse. Du moins ainsi en jugea Luzina. Le contenu des lettres, tout ce qu'il ne fallait pas oublier de rappeler au sujet de la santé, de la bonne conduite, du cœur, Luzina s'en chargeait encore. Mais pour ce qui serait visible à la poste, au facteur, à cet intermédiaire entre elle-même et l'amour-propre des enfants qui ne devait pas souffrir, Luzina fit appel à Claire-Armelle.

Dès lors, les lettres qui partaient de la Petite Poule d'Eau étaient écrites selon la pente coutumière, mais l'enveloppe portait une autre écriture. C'était une écriture extrêmement appliquée, d'une enfantine rigueur. En examinant l'enveloppe de près, Edmond et Joséphine pouvaient voir, point toujours effacées, les lignes tracées au crayon par Luzina pour aider la petite fille à écrire bien droit.

Et les enfants instruits de Luzina avaient un instant le cœur serré, comme si leur enfance là-bas, dans l'île de la Petite Poule d'Eau, leur eût reproché leur élévation.

LE CAPUCIN
de
TOUTES-AIDES

I

Les lacs au Manitoba sont assemblés de manière à former une barrière presque complète au pays qu'ils enferment: de très grands lacs comme le lac Winnipeg, le lac Manitoba; d'autres qui seraient fort importants si on ne les comparait aux premiers, tels le lac Winnipegosis, le lac Dauphin; presque tous reliés sur le désert de la carte par des filets bleus qui représentent des rivières inconnues. Mais, de noms de villes, de villages, d'indications de groupements humains sur ces rives, presque pas. C'est l'une des régions les moins habitées du monde, un triste pays perdu où l'on rencontre pourtant des représentants d'à peu près tous les peuples de la terre. Autant de nationalités qu'il y a, entre ces lacs, d'exilés. Le père Joseph-Marie lorsqu'il y arriva parlait une bonne dizaine de langues.

Il parlait l'anglais, le français, l'allemand, l'italien, un peu de letton; de père belge et de mère russe, il était né par un enchaînement compliqué de circonstances à Riga où il avait vécu une partie de son enfance. Il parlait encore le patois wallon, le russe, le néerlandais avec l'accent des Flamands. Dans les plaines du Sud où il avait desservi quelque temps, avant de venir à Toutes-

Aides, une petite paroisse manitobaine où il se trouvait deux familles magyares, il avait appris d'elles un peu de hongrois. Il connaissait quelques mots de la langue slovaque. Tout cela ne lui avait pas suffi pour entendre les péchés de ses deux ou trois cents paroissiens éparpillés en un territoire d'environ cent milles carrés. Il lui avait fallu apprendre l'idiome particulier aux Galiciens de Pologne, le parler des pêcheurs islandais qui habitent surtout la rive ouest du lac Winnipegosis, le polonais des Piriouk et autres de Rorketon, enfin les variantes de la langue ukrainienne des Ruthènes. Vers ce temps-ci, toujours avide de converser avec les gens qu'il rencontrait, qu'ils fussent ses paroissiens ou non, le père Joseph-Marie enfouissait dans une poche de sa robe, au départ de ses voyages, un lexique de mots saulteux arrangé par un oblat de ses amis.

Cette fois, quittant le petit couvent de Toutes-Aides, le capucin s'apprêtait à une tournée de six ou sept semaines. Il était content. Vivre en communauté lui pesait, même ici, dans une communauté réduite à trois moines et à leur frère convers.

Il salua le père Théodule qui s'occupait de la paroisse de Toutes-Aides. À chacun son goût. Avoir une église en simili-brique, une nef en plein cintre à colonnes de faux marbre et ciel tout semé d'étoiles bleues sur un fond de papier donaconna ne semblait pas le comble du bonheur au père Joseph-Marie. Il n'en riait pas; il ne niait même pas que des étoiles de papier sur un revêtement de carton-pâte ne pussent à l'occasion élever les cœurs vers le ciel; parfois il suffisait de bien peu pour transporter le cœur. Mais ce n'était point là des réussites pour lesquelles il se sentait du talent.

Il dit encore au revoir au frère Côme qui épluchait des légumes, au père Chrysogône, grand savant, personnage lettré qui tranchait en une revue avancée des points nuancés du dogme. À chacun de travailler dans sa sphère; c'était ainsi que le monde se portait bien. Allègre, à longues enjambées, souriant des yeux à une fraîche matinée d'été, le père Joseph-Marie prit le large.

Le petit village de Toutes-Aides se tenait, un peu éparpillé, en bordure d'une baie profonde, à l'extrémité du lac Manitoba. Le paysage était un peu plus ondulé qu'ailleurs en ce pays presque toujours plat; il comprenait de nombreux bas-fonds envahis par les roseaux, des étendues d'eau stagnante, mais aussi de faibles élévations qui ne se refusaient plus à la culture. On voyait au versant de ces petites collines des lisières de seigle, des champs de pommes de terre. Au regard d'autres villages sur les lacs, c'était une paroisse très avancée, Toutes-Aides, une remarquable conquête sur la brousse, l'eau croupissante et les cailloux. Le père Joseph-Marie, qui l'avait franchi en une dizaine d'enjambées, trouva le village assez plaisant aujourd'hui. Il ne s'était pas encore aperçu qu'il éprouvait de l'amitié pour Toutes-Aides surtout au moment où il le quittait.

Il marchait vite, les pieds largement écartés comme s'il eût été chaussé de raquettes. En bas de la légère côte qui précède le village, chez le vieux père Minard qui y tenait magasin, il trouvait d'habitude une occasion de continuer son voyage en voiture. Son corps projeté en avant s'aidait d'un balancement du bras droit qui rappelait le mouvement d'un balancier de puits. La calotte protégeait mal du grand soleil son crâne plus chauve encore que ne l'avait laissé la tonsure. Sur ses talons, sa robe soulevait la poussière, des petits cailloux. Sa barbe, elle, le précédait quelque peu, une longue barbe maigrelette, roussâtre comme sa robe, divisée en deux longs filets que le vent, en ce moment, étirait, soutenait dans l'air. Sur tout, sur le chemin de terre qu'il suivait, sur le lac, sur le ciel implacable, sur les roses sauvages qui s'épanouissaient à ses pieds, le capucin attachait le regard vif, amical et enjoué de ses petits yeux bleu pâle. Le père Joseph-Marie n'avait pas encore remarqué que, de l'amour des hommes et de Dieu, il connaissait surtout l'élan et l'allégresse lorsque, tel le Sauveur lui-même, il prenait la route.

II

Sa grande réussite à lui, sa très extraordinaire réussite, elle était à Rorketon. Encore ne la voyait-il pas complète, comme un nid de plumes sur lequel il pourrait désormais se prélasser. Il manquait bien une ou deux petites choses à la plus belle, à la mieux réussie de ses missions. Et c'était justement à ces deux ou trois petites lacunes qu'il pensait ce matin, assis dans le camion à bestiaux, à côté du marchand Isaac Boussorvsky, lequel, tout au long du trajet, achetait du bétail qu'à Rorketon il expédiait par chemin de fer à Winnipeg.

Dès Toutes-Aides, ils avaient quitté le lac Manitoba, et le capucin ne verrait plus de grandes étendues d'eau jusque longtemps après avoir dépassé Rorketon où il attraperait la queue du lac Winnipegosis. Il s'enfonçait, satisfait pour l'instant de changer de paysage, dans ce qu'il appelait sa trotte au sec, quoique l'eau n'y manquât pas, flaques, marécages et petits *sloughs*[1]. Les

---

1   Nom donné, dans les Prairies, à de petites dépressions de terrain, souvent herbeuses, entourées d'arbres, où s'accumule l'eau à la fonte des neiges.

maisons de fermes étaient encore basses, loin les unes des autres, les fermes de peu d'étendue, mais le foin y venait admirablement; on apercevait de beaux troupeaux de temps en temps. Pour tout dire, cette région paraissait étonnamment riche et fertile auprès des bords sablonneux des lacs, exposés à des vents continuels, et elle le devenait davantage plus on approchait de Rorketon qui était comme une manière de petite capitale agricole.

En route, Isaac Boussorvsky avait fait de bonnes affaires. Derrière le siège du camion se bousculaient et s'affolaient une demi-douzaine de jeunes veaux. Isaac conduisait à bon train. Plusieurs fois, le capucin avait voyagé de cette manière, soit avec un concurrent d'Isaac, soit avec un agronome du gouvernement ou avec la Police montée, selon que l'occasion offerte coïncidait avec ses exigences personnelles. Mais il n'avait jamais encore fait le voyage avec Isaac. Isaac passait pour avoir un joli magot, non pas à la banque de Rorketon, ce qui aurait contredit sa réputation d'homme plutôt pauvre, mais à Sainte-Rose-du-Lac. D'ailleurs, de ses yeux, le capucin venait de voir conclure trois marchés avantageux, d'un profit non excessif pourtant, et il en était réjoui pour tout le monde: pour les fermiers qui avaient eu une part raisonnable, pour Isaac qui en aurait tout de même une plus belle. Les mains dans ses manches, il se disposait à raconter ce qui lui manquait à Rorketon pour être totalement satisfait. Il lui semblait que saint Joseph qui le guidait en pareilles situations l'avait déjà tiré par la manche et lui avait soufflé le conseil suivant: «Isaac est plus riche qu'on ne le croit; il faut lui demander une petite contribution pour la chapelle de Rorketon.» Cependant, assez raisonnablement, le capucin objectait à saint Joseph qu'il était peu délicat, Isaac n'étant même pas baptisé, de lui faire payer des objets d'un culte qu'il n'approuvait pas. Ce qui l'amena à réfléchir qu'en matière d'argent les croyants n'étaient pas nécessairement les mieux favorisés. Saint Joseph restant muet sur ce point, le capucin entra de nouveau en conversation, mais sur un tout autre sujet que celui d'une contribution. Son compagnon était de ces Juifs bien portants, ronds, gras, d'une extrême volubilité, qui parlent avec leurs mains autant qu'avec leur bouche, racontent des histoires drôles sur eux-mêmes, et le capucin ne pouvait concilier ces traits plaisants avec un fond rapace et une attitude de grippe-sou. Isaac ne devait pas être si riche qu'on le disait. Du reste, c'était plus fort que lui; quand il voulait se plaindre, le capucin n'arrivait qu'à mettre en valeur tout ce qu'il possédait. On aurait pu croire que c'était lui le plus riche des deux lorsqu'il se remit à parler. À l'entendre, il possédait à Rorketon une gentille chapelle, toute en planches, étanche, qui ne prenait l'eau nulle part. De la cabane à côté, qui lui servait de presbytère, il ne pouvait en dire autant. Mais, lorsque le temps était trop mauvais, sa voisine, la bonne Mrs. Macfarlane, mettait à sa disposition une petite chambre bien propre et bien chaude. Il y avait tant de bonnes gens aussi sur la surface de la terre; on n'arrêtait pas d'en rencontrer. Pour la nourriture, il n'avait pas à se préoccuper; ses voisins lui donnaient du pain, du poisson et quelquefois même des sucreries, des petites délicatesses pour le palais dont il avait perdu le goût et qu'il ne mangeait que pour ne pas offenser ceux qui les lui offraient. Ah oui, la terre était d'un bien agréable séjour! Et penser qu'on serait mieux encore au ciel! Ainsi s'exprimait le capucin en polonais, langue maternelle du marchand de bétail.

D'entendre parler polonais ramenait Isaac à sa jeunesse misérable. Il évaluait le chemin parcouru depuis. «Pas mal, pas mal du tout, Isaac Boussorvsky!» Comme à tant d'autres, l'envie le prenait de savoir comment le capucin pouvait avoir appris tant de langues. Avait-il donc vécu une existence de riche et de privilégié pour être si savant? On ne l'aurait pas dit pourtant. D'où lui venaient alors tant de connaissances? Pas un sujet sur lequel on eût pu le surprendre sans informations, et aucun moyen de savoir comment il avait tout appris. Le père Joseph-Marie n'était pas un homme que l'on questionnait. On ne savait pas pourquoi. Lui, il posait autant de questions qu'il voulait, il finissait par tout savoir avec ses petits yeux à l'affût des nouvelles, ses gros sourcils noués par l'intérêt, sa façon de se jeter dans une histoire commencée, la figure toute réjouie comme si rien ne pouvait lui plaire davantage que la vie des autres. Même en ces moments, on ne se sentait pas autorisé à lui demander, par exemple: «Et vous-même, père Joseph-Marie, d'où venez-vous? Qui êtes-vous?» Peut-être à cause de son extrême simplicité. Tout ce qui était étrange en soi paraissait naturel chez le capucin, même le fait de parler exactement comme un Juif de Lwow. Cependant, on approchait de Rorketon, et le capucin ne trouvait toujours pas le moyen de laisser entendre qu'il n'avait pas encore de statue de saint Joseph dans sa chapelle.

Saint Joseph était nettement son saint préféré. Il disait que l'on n'appréciait pas assez saint Joseph. Tout était fait pour lui plaire dans la vie du père nourricier de Jésus: sa fonction très pure de gardien, de protecteur; puis, bien entendu, les déplacements, le voyage à Bethléem pour l'inscription, la fuite en Égypte et, plus tard, les trois jours dépensés à chercher l'Enfant. Sur la fuite en Égypte particulièrement, il méditait de longues heures; il se demandait comment saint Joseph s'y était pris pour obtenir du lait pour l'Enfant, car, enfin, celui-ci était trop jeune alors pour vivre de figues et de dattes.

Mais le temps était bien court pour aborder le sujet comme il l'aurait fallu auprès d'Isaac. Partir dès le début et montrer comment Isaac, s'il avait vécu dans l'ancienne Judée, aurait très bien pu rencontrer le menuisier Joseph, hélas, il n'en avait plus le loisir. Il avait perdu beaucoup de temps en route à admirer le paysage, à demander le nom de quelques-uns des fermiers qu'il ne connaissait pas encore, ou à jouir tout simplement de cette promenade en camion, si confortable, si rapide, auprès des voyages d'autrefois avec des chevaux.

— Dans mon temps, j'ai vu beaucoup de progrès en ce pays, fit-il remarquer, en élevant la voix au-dessus du grincement de la caisse bâchée dont toutes les planches gémissaient. On a beau médire du progrès, c'est tout de même plus agréable de se promener dans une belle grosse voiture comme la vôtre, Isaac, plutôt qu'en char à bœufs!

— Ce n'est qu'un vieux camion à la veille de rendre l'âme et que j'ai payé bien cher, se plaignit Isaac, par précaution.

Cependant, quelqu'un qui se sentait bien soulagé en ce moment, c'était Isaac. Il aimait avoir un compagnon sur cette mauvaise route de Toutes-Aides à Rorketon, au cas où un pneu crèverait et, même si cela ne devait pas se produire, pour l'avantage de n'être pas livré à ses propres réflexions, car, un peu neurasthénique à ses heures, Isaac voyait les choses plutôt tristement lorsqu'il les voyait seul. Rien ne lui remontait le moral comme de prendre avec lui, au départ, quelque voyageur piteux ou, mieux encore, un pauvre hère qu'il apercevait marchant sur la route. Un costume défraîchi, des loques, de vilains souliers troués, un air abattu, de tels détails lui tenaient lieu de leçon de morale. «Voilà ce que tu aurais pu être, mon garçon, se disait Isaac, si tu n'avais pas gratté, ménagé. Eh oui, regarde un peu ce que tu aurais été.» Cependant la charité sur terre s'accompagne presque toujours de gros désavantages. Bien des gueux cueillis par Isaac sur la route s'étaient autorisés de cette bonté pour lui demander le prix d'un repas, d'un verre de bière, voire d'une chambre à Rorketon. Isaac avait donc fait très peu de voyages absolument tranquilles. Et que c'était agréable de rencontrer enfin un homme qui n'avait besoin de rien et l'expliquait tout au long d'un voyage! Mais était-ce parfaitement sincère? Cette disposition à ne rien demander était des plus rares. Elle s'accordait mal avec le couvent de Toutes-Aides, l'église qui imitait la brique et toutes ces splendeurs dont on parlait dans le pays. Comment les moines obtenaient-ils tant s'ils ne demandaient rien? Isaac voulut être confirmé dans son soulagement.

— T'as une bonne petite chapelle, un presbytère à ton goût, et même un petit poêle pour faire ta cuisine? T'as tout ce qu'il te faut?

— Mais oui, acquiesça le capucin, le cœur un peu troublé d'avoir par délicatesse à renoncer à une perche si bien tendue. Est-ce que je t'ai parlé aussi, Isaac, de mon harmonium? Je me demande pourquoi Dieu m'a tellement comblé!

— Tu y es peut-être pour quelque chose, dit Isaac, plutôt pensif.

Il stoppa le camion à l'entrée du village, devant l'enclos de planches, sur un embranchement du chemin de fer, d'où l'on embarquait le bétail. Le père capucin ramassait ses jupes, se disposait à descendre donner un coup de main au marchand.

— Attends donc encore une petite minute, le pria Isaac.

Il se sentait une curieuse obligation. Des hommes qui ne demandaient rien, ils ne couraient pas la terre; il n'y avait peut-être que celui-ci. Ne convenait-il pas de bien le récompenser afin de mieux faire la leçon aux autres? Isaac mit la main dans sa poche. Il espérait, à travers son tas de dollars, identifier un billet d'un dollar. Ce serait suffisant, ce serait déjà beau. Il fouilla quelque temps. Il ramena enfin un billet. Hélas! c'en était un de deux dollars. Mais le capucin l'avait déjà vu. Ses yeux brillèrent. Remplacer le billet de deux dollars par un billet d'un dollar aurait été cruel. Isaac n'avait qu'à se mettre à la place du capucin pour saisir quelle douleur ce serait. Il ne tenait pas à voir diminuer cette vive petite lueur dans les yeux de son compagnon. C'eût été comme réduire sa propre satisfaction de bonté, extravagante à coup sûr, mais à laquelle il tenait déjà maintenant qu'il la connaissait. «D'ailleurs cet homme ne m'a rien demandé, se rappela Isaac, c'est tout à fait extraordinaire, il faut le montrer en exemple.» Ne s'était-il pas fié au hasard, du reste, pour le guider? Or, le hasard avait choisi deux dollars à l'usage du capucin. De toute façon, songea encore Isaac, une grande générosité de temps en temps était de bonne politique. Elle mettait le donateur pour la vie à l'abri d'autres générosités.

Tout autre était la conclusion du capucin comme il s'éloignait, après avoir empoché le don et remercié

Isaac. «Aujourd'hui, Isaac me donne deux dollars. L'habitude de donner vient en donnant. Une autre occasion se présentera peut-être. La prochaine fois, le Bon Dieu guidera la main d'Isaac au fond de sa poche vers un billet de cinq dollars. Je finirai bien par acheter une statue de saint Joseph.»

Et, à bien y penser, la statue revenait de droit à saint Joseph. Car qui donc, sinon saint Joseph lui-même, aurait pu réussir à se faire donner deux dollars pour sa propre statue d'un marchand venu de Pologne dans un bateau de bestiaux pour acheter et vendre des bestiaux au Manitoba! Le capucin arriva d'un bon pas au centre du village. Il riait doucement en son cœur du parti étonnant que le Ciel sait tirer, sans qu'ils s'en doutent, de la vie des hommes.

III

À Rorketon, le samedi soir, les villageois sont dans la rue principale occupés à boucler des marchés, à lorgner les vitrines, et les trottoirs en planches résonnent allégrement sous les grandes bottes des hommes et les talons pointus des «belles». La coutume de ces villages neufs veut que tout le monde, même s'il n'y a rien à faire, vienne se promener le samedi soir dans la Main Street. C'est une attraction tout comme l'arrivée du train, et qui pourrait y être insensible après une semaine trop tranquille! Les femmes encore moins que les hommes. On voit donc les gens marcher jusqu'au bout du trottoir, revenir sur leurs pas, retourner au bout du trottoir, et ainsi de suite pendant des heures. Ce va-et-vient de visages qui n'en finit plus — le trajet n'est pas très long — suffit au premier abord à donner à une centaine de personnes, peut-être deux cents, une allure très importante. C'est là une des charmantes illusions propres aux villages dits villages de frontière, au terminus des chemins de fer, à cheval sur la brousse et les communications. Mais, à Rorketon, la foule en plus d'être considérable est très variée. Il faudrait se trouver à Winnipeg même, aux abords de l'hôtel Royal

Alexandra et de la gare du Canadien Pacifique, dans l'ancien quartier des immigrants, pour voir en si peu de temps autant de visages dépareillés. Il y a des femmes slaves au fichu blanc, très propre, noué sous leur menton, des paysans à longues moustaches pendantes, probablement des Russes; des immigrés de l'Europe centrale qui portent encore de hauts chapeaux de feutre mou, sans pli, tout droits comme des tuyaux de poêle. Les fermiers des environs achètent au magasin général de Sam Boudry; un petit groupe, dans un coin du magasin, s'entretient en une langue, un autre sur le pas de la porte cause avec un accent différent. Devant la pompe à essence, pendant qu'ils font réparer leur ancien véhicule chez le garagiste, ils sont quatre ou cinq qui crachent par terre, discutent avec animation et ponctuent chaque phrase de *toc, toc*; ils doivent être Ukrainiens d'Ukraine ou de Roumanie. D'autres encore arrivent par les chemins creux bordés de l'églantier sauvage. Ils sont coiffés de larges chapeaux de paille jaune, assis tout droits sur le siège d'un buggy, tenant à la main une petite branche verte en guise de fouet, et, quelquefois, à côté des roues qui tournent, trotte un petit chien de ferme qui vient renifler la sociabilité du village. Tout cela, chiens, femmes, fermiers, belles du village frisées au fer, parfumées à l'eau de Floride, pasteur, ivrognes, capucin, aboutit à peu près au même point, soit devant le bureau de poste, soit, tout à côté, devant le magasin général. Attachés aux poteaux d'arrêt, nez contre nez, les chevaux piaffent et balaient les moustiques de leur queue.

En l'espace de cinq minutes, le capucin, en route pour sa chapelle, eut le temps d'entendre un bout de conversation en lituanien; il saisit un bonsoir murmuré en finlandais. Du café chinois grand ouvert, il entendit que l'on se querellait sur la vieille question ukrainienne du *hetman* héréditaire. Il crut reconnaître, à sa blouse brodée, une immigrante qui devait être de la Bessarabie. Quelqu'un le salua dans le français roulant, chantant des métis: «Soirre, mon Perre.» À travers toutes ces salutations, il perçut un parler propre à lui remuer particulièrement le cœur. Vite, il se retourna pour découvrir qui avait parlé flamand. Il était à l'aise en mettant pied dans cette petite Babel. Que les dix ou douze nationalités représentées à Rorketon pussent si bien s'entendre, bavarder, rire, chanter ensemble, n'était-ce pas la preuve définitive, irréfutable, que l'humanité était faite pour la concorde! Des chicanes assez vives éclataient souvent sur son passage, au fond de la salle de billard, dans la taverne et même dans la salle de spectacle où il y avait justement, ce soir-là, danse et fête. Mais mettez ensemble cent personnes de même origine, parlant la même langue, tous baptisés, et aurez-vous pour cela l'entente parfaite? Sa naïve question, le capucin avait l'air de la poser au hasard, à tour de rôle, à tous ceux qu'il rencontrait et d'y répondre lui-même par un léger signe de tête affirmatif et bienveillant, car il saluait à gauche, à droite, de l'autre côté de la rue, en arrière de lui parfois, en se retournant vivement. N'était-ce pas à tout prendre dans une petite foule de peuples bien brassés telle qu'il en avait sous les yeux que se révélait d'une exécution toute simple, toute naturelle, l'«Aimez-vous les uns les autres»!

Ah! ces soirs d'arrivée à Rorketon! Ses grosses bottines soulevaient une boue lourde, noire et collante, alors qu'il descendait du trottoir pour laisser passer quelque fermière avec ses paniers de légumes au bras. Il avait perdu l'acuité jadis bien grande de sa vue. Il dévisageait chaque passant avec une insistance amicale.

Ses petits yeux fureteurs, chercheurs, exprimaient le souci et le plaisir de retrouver ses connaissances. Il offrait assez souvent des salutations à des étrangers qui se mettaient à sourire et il concluait qu'il devait les avoir vus quelque part et qu'il avait bien fait de ne pas les ignorer. Il dépassait la petite église orthodoxe. Il s'arrêtait sur le bord du trottoir; il trouvait singulièrement jolie cette petite église en bois surmontée de trois bulbes. On l'avait bâtie exactement dans le genre des églises des villages de l'Ukraine. Il admettait sans envie qu'elle était mieux que sa propre chapelle. «Mais si vous avez la plus jolie église, concédait-il au pasteur orthodoxe, moi, j'ai les meilleurs paroissiens.» Hi! Hi! cette petite facétie le faisait rire de bon cœur de sa propre suffisance. En toute bonne foi, il convenait qu'il y avait place pour eux deux à Rorketon et même pour le pasteur de la United Church. Son regard plissé par le soleil et un sourire continuel sautait, de-ci de-là, retenait avec plaisir quelque particularité toujours intéressante du costume, de l'extérieur des hommes. Il lui semblait s'approcher singulièrement de Dieu dans cette si fraternelle confusion des langues et des visages.

Il quittait le centre du village. C'était presque aussitôt la campagne. Au fond d'un champ de moutarde sauvage apparaissaient sa chapelle et la cabane d'une seule pièce qui lui tenait lieu de presbytère. Il restait là en contemplation devant les deux petites bâtisses précédées d'un clocher de bois peu élevé et qui, par sa forme rustique, son toit de planches, ressemblait à quelque puits de ferme. Son cœur était soulevé de fierté. Si content de sa paroisse, il lui était difficile de n'en pas parler constamment et à tout venant. À Monseigneur lui-même lorsque celui-ci était venu en tournée de confirmation, le capucin n'avait pu se retenir d'en signaler les mérites. Monseigneur avait été vivement impressionné. «Très inattendu! Très ingénieux!» avait remarqué Monseigneur, soulagé tout de même qu'il n'y eût pas dans son diocèse une dizaine de prêtres comme le capucin. Avec ces religieux venus de Belgique et relevant directement de leur couvent, à Louvain, il fallait s'attendre à l'originalité. Un peu plus, et ces braves moines auraient pris la route et rassemblé les pêcheurs des lacs Winnipegosis et Manitoba comme autrefois cela s'était fait en Galilée. Et ce qui était bon pour un temps ne l'était pas nécessairement pour un autre... Mais Monseigneur était tranquille. Ils étaient peu de l'espèce du capucin. Ils avaient toujours été peu.

Cependant le père Joseph-Marie avait coupé à travers champs vers la maison de sa voisine, Mrs. Macfarlane, sous prétexte de lui emprunter du sel qu'il mettrait sur ses patates froides. À la vérité, il endurait assez mal la solitude. Il lui venait, seul, parfois, un vif sentiment de détresse, la tristesse de n'avoir rien fait pour Dieu et ses créatures.

IV

La grand'messe de neuf heures commença et, point par point, le capucin vit encore une fois se reproduire sous ses yeux l'espèce de miracle qu'il avait réalisé à Rorketon. Il attendit, un peu inquiet, que le noble son de l'harmonium répondît à sa voix chevrotante. Si épris de musique, il détonnait abominablement. Et le vieux pédalier créa un appel d'air, et l'air jaillit en musique.

Cet harmonium, toute une histoire!

Mrs. Macfarlane l'avait dans son salon depuis près de dix ans, et jamais encore il n'avait servi qu'à rendre des hymnes méthodistes, au reste fort beaux, surtout ceux de Charles Wesley, frère du Réformateur. Après le chant grégorien, aucune musique ne paraissait au capucin plus susceptible de plaire à Dieu que ces effusions poétiques qui le comparaient sans cesse à un moissonneur et lui rendaient grâce pour le maïs mûr, les granges pleines, la terre fertile. Ce Charles Wesley avait été sincère, sans aucun doute. Tout de même, comme le père Joseph-Marie aurait aimé, quand il allait faire son tour de voisin chez Mrs. Macfarlane, entendre l'harmonium

protestant accompagner quelque beau chant catholique!
Mrs. Macfarlane avait une fille unique, Aggie, qui n'é-
tait plus très jeune. Elle pouvait avoir une quarantaine
d'années. Cependant, elle était toujours «la petite Aggie
délicate» pour Mrs. Macfarlane. Elle tomba malade.
Cela parut peu de chose au début: de la raideur dans les
membres, des maux de tête, un peu de fièvre. Le médecin de la région se trouvait à un congrès médical. Dans
ses trottes, le père Joseph-Marie avait vu bien des maladies atroces dans leurs premiers symptômes insigni-
fiants. Ces maux de tête, la difficulté de respirer dont
semblait souffrir Aggie lui parurent de mauvais signes.
Il fit transporter Aggie à l'hôpital de Winnipegosis. La
mère et la fille ne voulaient pas en entendre parler
d'abord. Elles durent céder devant un personnage en qui
elles reconnaissaient à peine le vieux prêtre catholique:
un homme tranchant, emporté, autoritaire. Aggie était
bien atteinte de poliomyélite. Le capucin mit en branle
de mystérieuses influences qu'il avait à Winnipeg. Il
obtint un poumon d'acier que l'on transporta en vitesse.
Si Aggie pouvait aujourd'hui marcher avec le seul appui
d'une canne, elle et sa mère prétendaient donc que
c'était grâce au capucin. Lui, il riait encore du bon tour
joué à Aggie Macfarlane, protestante, qui avait été gué-
rie sans qu'elle s'en doutât le moins du monde par saint
Joseph à qui il avait demandé la chose en cachette.
Comme les deux femmes auraient été agacées d'apprendre qu'elles devaient tant à un saint qu'elles ignoraient,
et, pour tout dire, dont elles se méfiaient!

Il leur était évidemment plus agréable de lui marquer de la reconnaissance à lui qui la méritait si peu.
Longtemps, elles avaient cherché à obtenir l'aveu de ce
qu'il désirait le plus.

Comment aurait-il pu avouer que, depuis des mois, il lorgnait leur harmonium! Mrs. Macfarlane n'en jouait plus, il est vrai, à cause de ses pauvres mains déformées par l'arthrite. Raison de plus pour l'engager à garder son harmonium qui, tant qu'il serait là, dans le salon, pourrait inciter Mrs. Marfarlane à guérir. Le père Joseph-Marie rougissait rien que de penser aux suppositions peu charitables que de temps en temps il échafaudait. «Si, tout de même, Mrs. Macfarlane ne devait plus jamais jouer. Si...» Il tournait du côté de l'harmonium un regard bien coupable. Il n'avait jamais pu se décider à en parler, sauf que, parfois, il demandait si l'harmonium se portait toujours bien, s'il avait coûté cher et s'il n'y avait pas de danger qu'à rester si longtemps silencieux il souffrît davantage de l'humidité; il ne savait pas trop, lui, ce qui était bon pour un harmonium, il demandait à tout hasard. Il lui semblait bien ne s'être jamais trahi. Mais alors ceci se passa: «J'ai donné mon harmonium», lui apprit un soir Mrs. Macfarlane. — «Ah, vraiment, avait-il répondu, tout attristé, c'est un beau cadeau, un bien beau cadeau. Celui qui l'a reçu doit être content.»

Il était entré dans sa chapelle, peu après, le cœur lourd d'envie quoiqu'il cherchât à s'en défendre. Puisque Mrs. Macfarlane se privait de son harmonium, pourquoi ne le lui aurait-elle pas donné à lui qui en avait un si grand besoin! La chapelle était plongée dans l'obscurité. Presque en entrant, le capucin avait buté contre quelque chose. Il avait frotté une allumette, et qu'est-ce qui était installé à la place même où il l'avait toujours imaginé, au fond? L'harmonium de Mrs. Macfarlane!

Hélas, ce cadeau qui eût dû tant réjouir le capucin, presque dès le début l'avait entraîné à un autre désir, plus exigeant encore. Où trouver maintenant l'excellente musicienne, la parfaite musicienne qui toucherait l'harmonium! Parmi ses paroissiennes, il n'y en avait aucune qui sût à la fois pédaler, frapper les touches, tourner les feuillets d'une partition, pour tout dire: faire de la musique. Il cherchait, il s'informait, il s'agitait. Homme de peu de foi, il avait pu douter que Dieu lui ayant donné un harmonium le laisserait sans musicienne.

Et voici qu'à ce moment, le capucin, comme il se retournait, les mains ouvertes, rencontra, au fond de la chapelle, le regard toujours un peu exalté qu'avait Kathy Macgregor lorsqu'elle communiait par la musique avec le Principe Éternel. Les narines de l'Écossaise se pinçaient. Ses lunettes jetaient au soleil un bref flamboiement d'ostensoir. Son vaste chapeau tremblotait. Vivement elle tourna une page, pédala à fond de train, cependant qu'en un mouvement de hanches elle repoussait le tabouret, prenant du champ pour attaquer le *Largo* de Haendel. L'âme joyeuse, le père Jospeh-Marie se retourna vers l'autel.

Comment Kathy Macgregor pouvait-elle se trouver assise dans la chapelle catholique à l'harmonium de Mrs. Macfarlane, le capucin lui-même ne s'en rendait plus très bien compte. Que voulez-vous! C'était encore là un de ces tours du Bon Dieu. Kathy Macgregor était la meilleure musicienne de Rorketon et probablement de tout le pays des lacs. Elle en était aussi la presbytérienne la plus convaincue, appliquée à maintenir, à elle seule s'il le fallait, la rigueur intégrale de l'Église réformée. Un jour qu'ils s'étaient rencontrés au magasin, la conversation entre le capucin et Kathy avait justement roulé sur le relâchement religieux de l'époque. À vrai dire, le capucin n'y voyait pas motif de se mettre en colère; c'était Kathy surtout qui était montée. Pour sa part, le capucin eût plutôt parlé musique. Mais Kathy en avait gros sur le cœur depuis que les quelques presbytériens de la région s'étaient alliés aux baptistes et à la Low Church pour former la United Church. Des descendants de ceux qui avaient eu le privilège de connaître les enseignements du grand Knox, en être arrivés à sortir le dimanche après les heures du culte, à jouer au baseball! Quelle religion était-ce là! Tout y était permis, des courses en automobile en plein jour du Seigneur, au tabac, à l'alcool, aux cartes! Le pasteur lui-même jouait aux dominos. Du train où on allait, bientôt l'on donnerait des bals comme elle avait entendu dire que cela se faisait à Winnipeg au sous-sol du temple, et pourquoi pas dans le temple lui-même? Puisque c'était ainsi, Kathy préférait s'arranger toute seule avec Dieu chez elle, avec sa vieille Bible de famille, les rideaux bien tirés sur l'agitation du monde.

Or, au beau milieu de son explosion, Kathy s'était arrêtée net pour mieux examiner le capucin. Avec sa longue et mince barbe, sa pauvre robe, la maigreur de ses joues, le moine lui était apparu peu dissemblable en somme du grand Knox lui-même, tel qu'à la petite Kathy, autrefois, on avait peint le vieux prêcheur itinérant allant par tous les temps et dans tous les coins d'Écosse prêcher l'austérité. Elle regardait fixement le capucin, et plus elle le regardait, plus se superposait à ses yeux, sur les traits du missionnaire, la figure de Knox. Ce vieux prêtre catholique, à tout prendre, pouvait bien être ce qu'il y avait de plus près de Knox dans tout le pays. Il aurait été fort capable lui aussi, à l'occasion, d'arriver pieds nus jusqu'à la cour de la frivole Marie Stuart pour y dénoncer le dévergondage.

— Buvez-vous de l'alcool? lui avait-elle demandé à brûle-pourpoint.

— Ma foi non, avait répondu le capucin, je n'ai pas un estomac à le supporter.

— Vous n'avez point d'auto, à ce que je sache, comme ces clergymen d'aujourd'hui que l'on voit passer assis sur des coussins de peluche et qui, *honk! honk!* n'ont qu'à appuyer sur un klaxon pour repousser les honnêtes gens du chemin?

— Hé! Hé! Même pas de bicyclette, ma pauvre Kathy. Au fond, c'est plus commode. Je profite de ceux qui voyagent, qui partent, reviennent. Il ne manque pas d'occasions.

— Très bien! avait approuvé Kathy.

Ce vieil homme ne jouait pas non plus aux cartes. Il avouait que les cartes lui brouillaient les idées. Il n'avait qu'un défaut: il fumait du gros tabac fort. Cependant, il vivait comme un ermite en sa cabane de Rorketon. Quoiqu'elle eût prétendu s'arranger mieux avec Dieu chez elle, dans le privé, Kathy en vérité souffrait de le chercher toute seule. Moins butée qu'elle ne le paraissait, elle avait cru remarquer que Dieu se retire d'une âme trop altière, trop isolée. Et peut-être s'ennuyait-elle surtout de ne plus s'élever vers le Seigneur par la resplendissante musique de Haendel et de Bach. Jouer dans le temple de la United Church, elle ne pouvait plus, sa conscience s'y opposait. Mais dans cette petite chapelle en planches, si pauvre, tout au bout du village! Elle entrevoyait que ce serait la meilleure manière, en ce bourg, de confondre les orgueilleux et par là de réaliser les enseignements du grand Knox.

Justement, avec la sublime distraction qui le servait souvent mieux que tous les calculs, le père Joseph-

Marie avait parlé tout tranquillement, comme cela, sans y mettre aucune intention, de la parabole des talents, de ceux qui se mettaient à fructifier et de ceux qui dormaient, enfouis dans la terre. Ainsi Dieu avait-il agi sur la conscience de Kathy. Inutile de chercher plus loin la raison de sa présence, ce matin, dans la chapelle, et des progrès que, du reste, elle accomplissait depuis qu'elle jouait chez les catholiques!

Ite missa est... prononça le père Joseph-Marie.

Et la cloche se mit en branle dans son petit clocher de bois à côté de la chapelle et elle répandit une curieuse sonnerie d'alarme qui rappelait plutôt le passage des locomotives que l'achèvement d'une messe de dimanche, à la campagne, au temps de l'églantine et des foins. On aurait presque dit le tocsin. Or, rien d'étonnant à cela. La cloche du père Joseph-Marie était une cloche du Canadien Pacifique et, avant de venir annoncer les missions de Rorketon, elle avait longtemps tinté au-dessus des locomotives de la compagnie, à l'entrée des villages ou, en pleine prairie, aux passages à niveau, pour engager les troupeaux à s'éloigner des abords de la voie ferrée.

Voici comment le capucin avait obtenu cette cloche, comme d'ailleurs toutes celles qu'on entendait sonner dans chacune de ses chapelles.

Lorsqu'il était arrivé au Canada, quinze ans auparavant, le père Joseph-Marie, descendu à Québec, ignorait dans sa simplicité et sa distraction qu'il se trouvait dans la ville un couvent de son ordre. Il avait cherché une chambre bon marché dans un hôtel de troisième ordre, tout près de la gare. Les trains à toute heure entraient, partaient, prenaient des voies de garage. Les grosses cloches des locomotives sonnaient tout ce temps-là. Fort impressionné, le capucin s'était dit: «Je suis arrivé dans la ville la plus pieuse du monde. On y prie toute la nuit. Je n'ai encore jamais vu la pareille. Voici sans doute la cloche d'un couvent de Clarisses, et voici les religieuses qui glissent à cette heure, les mains dans leurs manches, vers la chapelle froide, pour prier Dieu en faveur des pécheurs du monde. Maintenant, plus austère, ce doit être la cloche d'un couvent de Trappistes. Que de piété en cette ville!» Il entendait, dans la voix de toutes ces cloches, comme un reproche envers la vocation de missionnaire qu'il avait choisie. Dans la contemplation pure résidait peut-être la plus haute perfection. Prier sans cesse pour les hommes, simplement prier, ne serait-ce pas le choix supérieur? L'ébranlement de sa conscience et une exaltation profonde s'ajoutant au sentiment de l'exil avaient empêché le capucin de dormir en cette première nuit au Canada. Sommeillait-il un moment, qu'un son de cloche réveillait en lui le grand débat. Ne ferait-il pas mieux de demander au Pape la permission d'entrer dans un ordre contemplatif? Le son de la cloche s'éteignait, mais une autre, plus loin, commençait à tinter. Encore des religieux qui se levaient pour prier! Pure et pieuse petite ville de Québec!

Dans toutes les villes où il se rendit, d'étape en étape, vers les pays reculés qui l'attiraient, couchant toujours près de la gare, à la fois par attrait et par économie, le capucin avait entendu le même appel nocturne vers la prière. Il finit par douter qu'un pays pût être si continuellement fervent d'un bout à l'autre. À Winnipeg enfin, il apprit que les locomotives de ce singulier Canada, en plus des sifflets, étaient munies de cloches. Il se souvint de tout cela, quelques années plus tard, alors que le petit clocher de Rorketon restait sans cloche. Un trait de génie traversa l'esprit du capucin. Il partit à Winnipeg et s'en fut directement rendre visite au président du Canadien Pacifique.

— Mr. Macdonald, raconta le capucin, j'ai long-temps cru, grâce aux cloches de vos trains, que Dieu m'avait conduit par sa très grande miséricorde dans le pays le plus pieux de la terre.

Il raconta sa nuit à Québec, le dilemme qui avait tourmenté sa foi. Qu'est-ce qui valait mieux en vérité: servir Dieu par l'action ou par la seule prière? Dilemme important, en effet. Puisque Dieu était tout-puissant, n'était-il pas sage de conclure qu'il pouvait se passer de la collaboration de nos actes et que la prière lui plaisait davantage. Dilemme troublant, et tout cela à cause des cloches de locomotives.

Elles lui avaient procuré, avoua le capucin, une des plus grandes émotions religieuses de sa vie. Il avait cru la ville, le pays tout entier animés d'une foi telle qu'on n'en avait vu qu'au Moyen Âge, et encore! Depuis, il avait un peu déchanté. Néanmoins, les gens étaient pieux. Ainsi, ses paroissiens de Rorketon, de pauvres Ukrainiens, Islandais et Ruthènes, s'étaient véritable-ment saignés pour bâtir chapelle et presbytère. Tout y marchait d'ailleurs à ravir.

— J'ai une organiste de votre secte, je crois bien, une presbytérienne, avait souligné le capucin. J'ai une répétitrice de catéchisme protestante: la maîtresse d'é-cole de Rorketon qui, ma foi, enseigne le dogme d'après le petit catéchisme de Québec, tout aussi bien que j'y parviendrais moi-même. Dieu a réussi beaucoup de choses à Rorketon, conclut le capucin. Cependant, il n'y a pas encore de cloche.

C'est à ce point de son récit que, très naïvement, le capucin avait laissé percer le but de sa visite. Que faisait-on, au C.P.R., avait-il demandé, des cloches, lorsqu'elles étaient fêlées ou rouillées, enfin, de toute façon, lorsqu'elles se faisaient très vieilles?

Mais cela ne se produisait pas, lui apprit Mr. Macdonald avec beaucoup de peine à cacher son envie de rire. Les cloches du C.P.R. étaient inusables. Elles ne se fêlaient ni ne se rouillaient. Elles étaient faites pour durer cent ans et plus.

— Ah!

Le père Joseph-Marie avait un air bien dépité.

— Combien de cloches vous faudrait-il? lui avait demandé Mr. Macdonald.

Le père Joseph-Marie avait été sur le point de répondre: trois ou quatre, anticipant sur l'avenir. Mais il s'était repris à temps:

— Je n'ai encore qu'un petit clocher de terminé...

— Eh bien, avait promis Mr. Macdonald, pour chacun de vos clochers, vous aurez une cloche de la compagnie.

Et c'est ainsi que le C.P.R. sonnait ce matin à la gloire de Dieu, cependant que Kathy Macgregor, qui la pratiquait depuis trois semaines, se lançait enfin dans la grande *Toccate et Fugue* de Bach. Le vieil harmonium de Mrs. Macfarlane possédait toute une rangée de boutons qui commandaient un registre grave et un jeu aigu. Kathy tirait l'un en y mettant une certaine force, car le mécanisme n'en était plus très souple; le feutre qui entourait certains appels de jeu était replié sur lui-même; elle en poussait un autre et, comme elle était de petite taille, les jambes plutôt courtes, elle devait se livrer à des exercices violents pour accomplir tout cela sans quitter le bord du tabouret ni cesser, de ses pieds chaussés de souliers plats, de pomper l'air dans le vieil instrument qui, dans le registre grave, laissait échapper des plaintes.

Dès qu'elle était libre un petit moment, Kathy levait les yeux au ciel, elle y planait une seconde, la prunelle renversée. Mais elle se préparait aux plus beaux passages, la tête penchée très bas, une main suspendue au-dessus du clavier, les ailes du nez frémissantes, les yeux clos comme pour mieux entendre en elle-même tout le passage en question. Et puis, hop, ses deux mains se lançaient à la course sur les touches!

Ah, cette cloche, cette *Toccate et Fugue* de Bach, ce soleil ravissant que l'on apercevait sur les champs de moutarde par la porte laissée ouverte! Le capucin après avoir enlevé sa chasuble s'en venait joyeusement par l'allée de la petite église rejoindre le groupe de fidèles qui lanternaient presque tous autour de l'harmonium, fascinés tout autant par les efforts de Kathy que par les effets qu'elle en obtenait.

Les derniers accents se propagèrent longuement dans le beau silence chaud qui, tout de suite après la *Toccate et Fugue*, remplit la petite église.

— Ah! ma chère Kathy, s'écria le capucin, vous avez joué mieux que jamais!

Il le lui disait à chacun des dimanches de mission, et avec une parfaite sincérité. Kathy passait une bonne partie de la semaine dans la petite chapelle vide à pratiquer, en plus de ce qu'elle connaissait, des airs liturgiques pour elle tout neufs et qu'elle s'étonnait de découvrir si riches. À la récompense déjà vive de faire la nique aux mauvais presbytériens de Rorketon s'ajoutait donc pour Kathy celle, bien douce à une âme musicienne, d'être parfaitement appréciée dans ses talents. Le capucin du moins ne confondait pas Bach avec les exercices de Czerny. De plus en plus elle aimait ce vieil homme barbu.

Ils franchirent le seuil. L'humble clocher de bois branlait encore sous les efforts du sonneur qui donnait de moins en moins de corde à la cloche. Dans leurs habits du dimanche, les paroissiens avaient l'air digne. L'ineffable musique baignait de sa grandeur cette sortie du petit groupe de chrétiens qui, au bas des deux marches du perron, se trouvèrent jusqu'à mi-jambes dans l'herbe haute et jaunissante. Presque tous en noir, leur pantalon arrondi aux genoux, les hommes marchaient à travers le foin, la moutarde sauvage, et ils tournaient entre leurs grosses mains leur chapeau à larges bords, qu'ils hésitaient encore à placer sur leur tête. Les femmes, elles, commençaient seulement à sortir, après que les hommes se furent quelque peu éloignés, selon les convenances observées dans maintes paroisses catholiques du Manitoba. Posés sur les fils du téléphone, de petits oiseaux que l'envolée de Kathy avait piqués au vif chantaient à plein gosier.

— Ah! ma chère Kathy, s'écria le capucin, si jamais quelqu'un sur terre a vu le Seigneur, c'est bien notre Jean-Sébastien.

C'était le plus beau dimanche qu'il avait jamais passé à Rorketon. Il n'avait plus rien à désirer. Il avait, dans cette mission, réuni tout ce qui pouvait plaire à Dieu. Ou plutôt c'était Dieu qui s'était installé ici comme il lui plaisait.

Mais plus il est nourri de joies, plus le cœur est insatiable.

V

C'était, ce dimanche même, le jour de la grande fête ukrainienne de Rorketon. Elle se donnait chez les orthodoxes, plus nombreux que les catholiques du rite grec et qui possédaient une salle de réunion, du côté de la forge. Orthodoxes et catholiques s'y mêlaient d'ailleurs bien volontiers en cette occasion, afin de célébrer en nombre suffisant, sous le grand portrait du poète national, Chevtchenko, leur Ukraine à tous. Pour les besoins de la cause, les gens en ce pays si peu peuplé des lacs devaient bien parfois s'allier ainsi, s'ils voulaient donner une fête qui en eût l'air, et le capucin trouvait cette nécessité excellente; il regrettait que les autres jours de l'année, sans motif suffisant d'entente, les gens d'une même nationalité dussent tirer chacun de son côté.

Assis à la table du banquet, parmi les jeunes filles ukrainiennes, le capucin goûta des mets compliqués, sans reconnaître beaucoup les ingrédients qui les composaient. Il devait y avoir une riche soupe à la betterave servie avec de la crème aigre, du chou à diverses sauces mais toujours enroulé de pâte, cela s'appelait *pyroby*, de délicieux petits pains couverts de graines de cumin, et encore du chou aigre à la crème et présenté également sous une enveloppe de pâte.

Tout était très bon, assura le capucin aux jeunes filles qui le servaient. Il aurait été en peine de dire ce qu'il avait mangé.

Les discours commencèrent. Le président de la société des Ukrainiens-Réunis prit la parole. C'était un nommé Taras Simonovsky, notaire à Rorketon, littérateur à ses heures et principal animateur de la fête ukrainienne aussi bien que de la bibliothèque ukrainienne que l'on était en train de fonder à Rorketon. Il était donc l'homme tout indiqué pour la tâche qu'il se fixa: démontrer que Gogol, souvent réclamé par les Russes comme un écrivain russe, leur appartenait en vérité à eux, les Ukrainiens. Gogol était né en Ukraine, à Sorotchinsky, gouvernement de Poltava. Les gens applaudirent. Anton Gusaliuk, instituteur à Rorketon, parla du folklore ukrainien, cependant que Grégori Stupovitch traita comme tous les ans la grande question historique. Tout ce que la société des Ukrainiens-Réunis comptait de gens lettrés, instruits, d'un peu marquant, tel encore le photographe Simon Satlura, «spécialiste en photographies de noces, banquets, mariages ukrainiens», ainsi qu'il s'annonçait lui-même au-devant de sa boutique de la rue principale — cinq personnalités en tout — firent des discours à une petite foule d'environ quatre-vingts personnes. Mais Grégori Stupovitch en imposait le plus: quelques Ukrainiens de Rorketon, abonnés au petit journal publié en leur langue à Winnipeg, y avaient relevé et fait remarquer, au bas d'un article de deux colonnes, le nom de Grégori Stupovitch. Cet article publié était le texte même que Grégori récitait aujourd'hui par cœur.

Les mouches bourdonnaient, la chaleur devenait étouffante dans la petite salle, mais les femmes à fichu blanc, les paysans des environs, presque tous illettrés, la plupart n'ayant jamais ouvert un livre de leur vie, tous écoutaient, les mains jointes, dans une immobilité chaude et recueillie. Certains gardaient la bouche entrouverte comme pour boire le long discours ennuyeux. Sur les joues ridées d'une vieille femme, une larme coula.

Quand donc étaient-ils eux-mêmes ces petits hommes râblés, taciturnes, ces femmes à long visage osseux? Durant les trois cent soixante-quatre jours de l'année où ils grattaient, besognaient, têtus, ambitieux d'agrandir leurs biens et par-dessus tout envieux de celui d'entre eux qui réussissait? Ou bien le trois cent soixante-cinquième jour, serrés coude à coude, le visage levé avec confiance vers le notaire Taras Simonovsky qui les roulait si souvent? Et quand est-ce que celui-là disait vrai, au reste? Tous les jours, alors qu'il extorquait de gros prix à l'un de ses compatriotes en alléguant: «Encore, je te fais un prix de faveur...» Ou bien, à la fête ukrainienne où il ne demandait pas pour lui mais précisait: «Nous autres, Ukrainiens, nous devons faire affaire strictement entre Ukrainiens, si nous voulons rester Ukrainiens.»

Le père Joseph-Marie souriait dans sa barbe. Tel était le cœur des hommes souvent chamailleurs et vindicatifs, mais si ingénus au fond qu'ils pouvaient se croire amis en se plaçant sous le symbole d'une république qui n'avait existé qu'un seul jour! Les discours, ce n'était donc pas trop mal pour commencer une fête dédiée à l'amitié.

Cependant, le plus pacifique des discours contenait bien, quelquefois, matière à de petites objections. Ainsi les événements de l'automne 1917 en Ukraine ne s'étaient pas déroulés tout à fait comme le certifiait Grégori Stupovitch. Le capucin imagina la consternation s'il se levait tout à coup pour mettre son mot: «Pardon, Grégori Stupovitch, dirait-il, j'étais moi-même dans les parages lors de la proclamation de la libre et indépendante Ukraine, et êtes-vous toujours aussi sûr de ce que vous avancez?...»

Il se mit à rire des épaules. Hi! Hi! les pauvres gens étaient bien assez embrouillés comme c'était, par Grégori, sans qu'il leur donnât maintenant sa propre version à considérer.

Les chants allaient d'ailleurs commencer; le chœur se groupait et, le premier, très enthousiaste, le capucin battit des mains.

Devant le groupe des chanteurs qui s'était disposé en deux rangées vint se placer le maître de chœur, saluant à droite et à gauche, à petits coups. Ce n'était nul autre qu'Anton Gusaliuk, l'instituteur, celui-là même qui avait si bien expliqué le folklore ukrainien. Il n'avait presque plus rien d'ukrainien, Anton Gusaliuk, sauf son nom, mais son nom, pour les Anglais, il en avait fait: Tony. Il portait une toute petite moustache bien taillée, des lunettes à monture noire, un complet de serge bleue. Il était maigre, sec, déjà presque entièrement chauve. Il faisait tout à fait instituteur de village qui a mis les préoccupations intellectuelles au-dessus des gros travaux et de la robustesse. Il n'avait aucune espèce d'accent, du moins quand il parlait anglais. C'était plutôt la langue de ses parents qu'il écorchait.

Sa vieille mère était dans la salle. Elle avait eu celui-là de ses fils, le petit Anton, au bout de son champ de blé, un soir qu'elle se hâtait de rassembler des gerbes. Ni elle ni le vieux Gusaliuk n'avaient jamais eu le temps d'ouvrir un livre. Mais Anton n'avait presque plus rien d'eux, ni la tournure, ni l'accent, ni l'ignorance, et les deux vieux d'Anton au fond de la salle, elle sous son fichu noué à la mode paysanne, le bonhomme à longues moustaches de foin, tous deux braillaient d'orgueil. Leur Anton n'avait presque plus rien d'eux. Le capucin, y songeant, eut un sourire de sympathie. Car voici ce qui se passait dans le pays des lacs quand le fils ou la fille des immigrants ukrainiens n'avait presque plus rien des parents. Ce fils ou cette fille distinguait un beau jour, à la lumière de l'éloignement, la valeur esthétique de poésie, la chaleur et le pittoresque du vieux folklore. Les jeunes gens montaient une opérette en langue ukrainienne; ils formaient un chœur; ils apprenaient des vieux les danses de jadis en train de mourir; ils donnaient une grande fête et les pauvres vieux y entendaient enfin parler à cœur joie de leur Ukraine qu'ils avaient cru devoir oublier pour suivre le progrès.

D'un petit coup de tête, Anton donna le signal du départ. Les dix voix du chœur s'élancèrent dans la nerveuse, pétillante chanson du *Mûrier*. Le capucin prit sa chaise, la tourna de manière à mieux voir l'avant de la salle. Il se rassit, sa robe largement étalée sur ses genoux écartés, les mains y reposant comme sur une nappe. Son visage barbu étincelait. Des yeux, il dévorait le petit groupe de chanteurs et de chanteuses dans leur costume national. Au bord de ses cils, déjà, une larme tremblait.

Ardent amour pour les joies de la terre, regret de penser qu'il faudrait bien la quitter sur sa faim, mais désir aussi d'absolu, de se trouver enfin face à face avec Dieu, tout cela, la très sensuelle chanson du *Mûrier* l'agitait singulièrement dans le cœur du Père.

Du groupe, se détacha une jeune fille. Elle s'avança et, avec de jolis gestes des mains tantôt pressées contre son cœur, tantôt ouvertes au public, avec un balancement de sa jupe et les yeux brillants, elle reprit seule la chanson du *Mûrier*. Si douées que fussent les voix du chœur et même, en général, presque tous les jeunes Ukrainiens de Rorketon, naturellement chanteurs, cette voix les dépassait de très loin.

«Loubka Koussilevska! Loubka Koussilevska!» Son nom courait dans la salle, de bouche en bouche. Sans doute était-elle la surprise annoncée par Taras Simonovsky, ensuite par Anton Gusaliuk et qui valait son pesant d'or. Même les vieilles paysannes à bouches édentées se redressaient dans l'orgueil de pouvoir réclamer ce talent ukrainien.

Quant au capucin, il avait l'air fasciné. Ses lèvres étaient entrouvertes. Sa barbe rousse sur sa poitrine se soulevait, s'affaissait au rythme d'une haleine rapide. Toutes les joies de sa vie lui étaient rendues à la fois; il n'en pouvait plus d'accueillir tant de bonheur: les belles années passées dans le pays des lacs et, avant, ses grandes trottes en Europe, Kiev et Odessa qu'il avait vues de ses yeux, quelles belles villes! et que Dieu avait été indulgent à son appétit de voyage! Il est vrai qu'après la musique rien n'ouvrait le cœur comme de voyager d'un pays à l'autre; c'était la meilleure façon de comprendre les peuples; mais était-il possible qu'il eût lui-même contemplé de son vivant tant de beautés de la terre! En ce cas, il n'aurait pas assez de toute sa vie pour remercier Dieu. Remerciements pour la musique surtout, langage du ciel, pour ses cloches bien entendu, pour son harmonium et l'excellente Kathy! Gonflée de reconnaissance, l'âme du capucin s'ouvrit ainsi tout naturellement à désirer davantage. Cette jolie voix de Loubka qui vous tournait ainsi le cœur vers Dieu, qu'elle irait bien dans la petite chapelle de Rorketon!

Évidemment, concéda-t-il, c'était déjà beau de disposer de l'harmonium, d'une musicienne comme Kathy, il ne fallait pas paraître ingrat, lasser Dieu par trop de demandes. Cependant, n'était-il pas évident que, si Dieu lui avait déjà procuré l'instrument et la musicienne, c'était en vue d'y ajouter la soprano Loubka Koussilevska! De même que l'harmonium avait appelé une musicienne, la musicienne n'appelait-elle pas maintenant la voix qui chanterait en solo? Et quant à cela, la voix individuelle n'entraînerait-elle pas la chorale?

Il imagina ses enfants de Marie, cinq en tout, groupées au fond de sa chapelle et dirigées par la petite main de Loubka. C'était elle qui rendrait le *Panis Angelicus*. Et quelles belles cérémonies de mariage il allait offrir! Il avait toujours regretté de ne pouvoir marier les gens en musique. Loubka y chanterait l'*Ave Maria* de Schubert. Il versa une autre larme, tant ce qu'il entrevoyait lui plaisait. Hélas, ce n'était pas encore complètement réalisé. À l'idée qu'il devait retrancher de l'aimable tableau la chorale et peut-être Loubka elle-même, son cœur s'affligea. Seuls, l'harmonium et Kathy lui paraissaient déjà moins satisfaisants.

Tout à coup, il se mit à fixer la jeune chanteuse ukrainienne avec espoir. L'idée heureuse lui passait par la tête qu'il l'avait déjà vue quelque part: n'était-ce pas parmi les catholiques du rite grec? En ce cas, elle ne ferait aucune difficulté pour chanter dans sa chapelle. Ce serait pour le prochain dimanche de mission. Il vit sa petite église archicomble. Partout du monde: sur les bancs de la nef et sur les bancs de côté. Kathy plaquerait un bel accord. Ce serait le moment où, ne se tenant plus d'aise, il offrirait lui aussi à ses fidèles, «une surprise valant son pesant d'or». Hi! Hi! Loubka Koussilevska! s'exclama-t-il sur le ton joyeux de quelqu'un qui vient de jouer un bon tour. Et persuadé désormais qu'elle devenait sa paroissienne, il lui trouva encore plus de talent, une voix d'ange.

— Bravo! s'écria-t-il.

Il lui était devenu impossible de contenir son admiration. Ses exclamations, mêlées de petits claquements de langue, parvinrent à l'assistance troublée qui se retournait vers le coin où se produisait tout ce bruit. Mais le capucin faisait de grands gestes pour inviter à écouter Loubka dans le silence. Lui-même continuait à parler à mi-voix.

— Ho! Ho! disait le capucin. Une voix d'or! La plus belle voix que j'aie entendue depuis longtemps. Bravo!

Sur l'estrade, les jeunes filles et les jeunes gens se donnèrent la main, et virevolte, et frappe le plancher d'un petit coup de talon sec, ils dansèrent une danse endiablée du Caucase. Les yeux s'allumaient; les belles broderies des blouses étincelaient; les jupes courtes tourbillonnaient comme des toupies, rouges, vertes, orange, bleues; enfin toutes les couleurs se brouillaient, cependant que les petites bottes de cuir fauve ou rouge de plus en plus vite bondissaient.

Puis un jeune garçon dansa le *trépak* des Cosaques, ses jambes tricotant sous lui à toute allure, sa frange de cheveux lui frappant le front. De temps en temps, se soulevant sur un jarret, à demi dressé, il décochait un grand coup de talon, comme une ruade et, à ce moment, un cri s'échappait de sa poitrine, rauque, sauvage, délirant.

Pendant ce temps, le capucin, les mains glissées dans ses manches, poursuivait ses projets de messes en musique. Vite donc que la fête prît fin! Malgré son air calme, une mystérieuse nervosité l'avertissait qu'une telle joie lui échapperait s'il ne se hâtait pas de la saisir.

De l'œil, mi-ravi, mi-impatienté, il avait l'air de vouloir activer l'allure des danses qui était pourtant effrénée. À travers ce tourbillon, il voyait sa chorale, Loubka chantant l'*Ave Maria* de Schubert.

Qu'il avait hâte de lui parler, de s'entendre avec elle, de voir enfin complètement réalisé ce qui était déjà en si bonne voie de réussite!

Ainsi donc il aurait tout arrêté avec elle avant de partir, vers la fin de la semaine, pour sa mission plus éloignée où, hélas! les temps n'étaient pas encore aux chants sacrés.

VI

À Portage-des-Prés, il brassait des affaires bien éloignées de la musique, et que l'on aurait pu juger sans rapport aucun avec les charges de son ministère. Mais, aux yeux du capucin, il était bien inutile de prêcher la justice de Dieu sur terre, si l'on ne s'occupait pas de certaines choses qui y avaient trait, comme par exemple, ici, de la traite des fourrures.

C'est ainsi que le capucin était entré en guerre contre le marchand Bessette.

Il descendait devant le magasin, le plus souvent de la vieille guimbarde du facteur Ivan Bratislovsky; quelquefois d'une charrette; de temps en temps de l'auto d'un commis voyageur obligeant qui l'avait amené à destination. Il se trouvait dans l'herbe jusqu'aux genoux, immédiatement enveloppé d'un vent sauvage et chaud qui retroussait sa robe et qui faisait vibrer les fils du téléphone dont le trajet à travers trente-deux milles de désert s'arrêtait ici. C'était, avant la réserve indienne, la communauté humaine la plus au nord. Le père Joseph-Marie avait toujours une grande hâte de l'atteindre, mais sa joie d'y arriver était gâtée par l'idée qu'en cette mission toute neuve, à son début, il avait réussi à se faire un ennemi.

Quelques années auparavant, Eustache Bessette régnait sans conteste sur la population largement métissée de Portage-des-Prés. Au premier abord, on eût pu croire presque inhabité ce royaume de Bessette. C'était une plaine basse, infiniment mélancolique, qui balançait le plumage effiloché de ses roseaux jusque dans le village, aux portes des cinq maisons. On entrait et on sortait du hameau pour ainsi dire dans le même instant. Cependant, avant qu'on n'eût fauché le foin sauvage, les traces de roues s'y voyaient assez bien. Elles conduisaient vers les chétifs bouquets de bouleaux nains, de trembles maigrelets. Chaque petite cachette naturelle en ce pays ouvert abritait sa cabane de trappeur. Aucune qui fût à découvert, sur la piste principale, comme si elle risquait d'y être exposée à trop de curiosité. Plusieurs de ces cabanes n'étaient habitées qu'une partie de l'année. Dès l'hiver, les trappeurs montaient vers le nord, piéger l'écureuil, le rat musqué, le vison et l'hermine. Quelques-unes des femmes accompagnaient les piégeurs; la plupart s'assemblaient pour passer l'hiver dans l'une ou l'autre cabane. Les hommes revenaient de la toundra vers le printemps avec de précieuses fourrures que Bessette achetait à vil prix. Quelquefois, les trappeurs ignoraient la valeur des fourrures, mais l'ignorant ou non, ils étaient bien obligés de passer par les conditions de Bessette, seul dans la région à acheter les pelleteries et qui, de plus, tenait tout le monde à la gorge avec son système de vente à crédit.

Les choses se passaient ainsi: tout l'été, les pauvres métis s'endettaient au magasin. Lard, thé, sirop de maïs, tabac, un peu de cotonnade aussi pour vêtir les femmes: tout était porté à leur compte. Or, le métis, si peu apte à saisir la valeur de l'argent liquide, ne comprend plus rien à ce qui se passe dans la tête du marchand ou, ce qui revient au même, dans les livres de crédit. Donc, tout l'été, Eustache Bessette encourageait à la dépense. «Tu n'aurais pas le goût, Samson, de cette percale que je viens de recevoir? C'est ce que les femmes portent en ville. Prends. Tu me paieras plus tard.» Plus tard, pour le métis, c'est autant dire jamais.

Au printemps, lorsque les fourrures rentraient, Bessette changeait d'attitude. Il avait tout de suite besoin de son argent. Les métis avaient été dépensiers; tant pis pour eux. C'était le moment de payer. Les fourrures ne valaient pas cher. «Je t'en donne tant, et pas un cent de plus.»

C'était un système facile, très satisfaisant. Il avait suffi, en bien des endroits, à asservir des populations de pêcheurs, de trappeurs, à l'enrichissement d'un seul homme. Tôt ou tard, la concurrence intervenait dans ce bon ordre des choses; Bessette la redoutait fort, et il se hâtait, en prévision de cette malchance à venir, de compléter sa fortune. Une ou deux années de profits pouvaient y suffire. Bessette ne demandait plus qu'une ou deux années, lorsque le père Joseph-Marie entra en scène.

C'était un soir du mois de mai, au magasin Bessette. Samson Mackenzie montrait ses fourrures au marchand. Soupçonneux, vétilleux, le crayon sur l'oreille, le roi des fourrures cherchait la petite bête noire. Cette peau avait été déchirée au piège mal tendu. Cette autre était d'une qualité tout à fait inférieure. Le vison n'était pas beau cette année. Tout cela pour en arriver à offrir un prix dérisoire.

Le pauvre Samson tournait vers le capucin qui, silencieux auprès du poêle, fumait sa grosse pipe, un regard désolé qui appelait à l'aide.

— Montre-moi tes fourrures, Samson.

Il s'y connaissait un peu, pas complètement. Celles de Samson lui parurent d'une profondeur, d'un soyeux exceptionnels. Le père Joseph-Marie suçotait sa pipe, hochait la tête. Ce qu'il fallait ici, c'était un autre marchand, juif ou chrétien, n'importe, pour activer les affaires. Le missionnaire tiraillait sa barbe mélancolique. Pour le seul plaisir de narguer Bessette, s'il eût eu les fonds nécessaires, il se serait fait sur-le-champ acheteur de fourrures. À vrai dire, un projet plus simple se présenta au capucin. Pas même un projet, au reste. Tout juste une idée.

— Si tu veux me confier tes fourrures, mon Samson, je verrai à te trouver un acheteur sérieux.

Les métis ont l'imagination prompte. De cette demi-promesse à la certitude d'un gain important, le pas fut vite franchi. La nouvelle courut de trappeur en trappeur que le capucin avait un acheteur tout trouvé, un Anglais certainement, lequel donnerait un prix fabuleux. À la sortie de la messe, le lendemain, chacun empilait ses plus belles peaux aux pieds du capucin. Quelques-uns par respect l'appelaient «Monseigneur», ce qui irritait énormément le missionnaire. «Je ne suis pas du tout Monseigneur, Dieu merci», protestait-il avec véhémence.

Qu'importe, les métis continuaient à lui apporter des peaux et des peaux, le saluant avec une extrême gentillesse:

— Tiens, Seigneur!

Ils abrégeaient, prononçaient «Tigneur» et déridaient ainsi le capucin.

Que faire de toutes ces peaux? Il ne pouvait pas prendre les trois ou quatre ballots. Il partit néanmoins chargé comme un colporteur juif. D'un relais à l'autre, il coltinait lui-même son gros sac précieux. Son audace commençait à le faire réfléchir. N'était-il pas contraire à la règle de sa communauté de se promener avec des biens valant deux cents dollars peut-être? Au fait, quelle pouvait être l'exacte valeur du ballot qu'il trimbalait? Le capucin entrevit des chiffres beaucoup plus importants. Cela pouvait bien aller jusque dans les cinq cents dollars. Il se mit à craindre les mites, l'eau, les voleurs de grands chemins, lui qui avait eu une si ferme confiance en l'humanité.

Il arriva à Rorketon et, moitié par distraction, moitié par intention, au lieu de s'acheminer vers son couvent, le capucin se dirigea vers la gare. C'est ainsi qu'il se trouva avec ses fourrures dans le train de Winnipeg, s'en allant il ne savait où, transformé pour ainsi dire en marchand. Des préoccupations toutes nouvelles l'assaillirent. Il en fut empêché de prier tranquillement. Déjà, la veille, il avait dormi d'un seul œil, les fourrures sur son lit. Au matin, il n'avait pas d'abord retrouvé le ballot qui était entortillé dans l'édredon. La crainte l'avait saisi et, pour la première fois de sa vie, sa pensée, en s'éveillant, n'avait pas été pour Dieu.

Il attendait maintenant l'aide de la Providence. Il s'était mis vis-à-vis d'elle dans une telle situation qu'elle ne pouvait pas ne pas l'en sortir.

Il arriva en ville et, toujours distrait et confiant, il alla voir un marchand de fourrures de la Main Street.

Celui-ci offrit un prix déjà supérieur à celui de Bessette. Cependant, avec la possession et l'entraînement, l'ambition venait au capucin. «Pas d'affaire!» dit-il. Tout de même, il vendit quelques fourrures à Winnipeg, de quoi acheter un billet de chemin de fer, sans trop s'apercevoir où cela le mènerait. Ainsi se trouva-t-il dans le transcontinental canadien, en route pour Toronto.

En cette ville, la deuxième en importance du pays canadien, le père Joseph-Marie, l'esprit neuf, sans expérience gênante, aboutit presque sans difficultés, au bout de deux jours seulement de recherches, à l'Imperial Fur Company. Il n'avait eu qu'à demander chemin et conseil à sept ou huit personnes, toutes étrangères, qui ne pouvaient par conséquent avoir intérêt à le mal diriger. Comme il avait ainsi, à lui tout seul, éliminé toute la série d'intermédiaires entre le piégeur et les manitous, la première offre qu'il obtint le cloua de surprise.

— Mille dollars!

— Mille dollars, reprit le capucin, saisi de frayeur à l'idée qu'il s'était baladé pendant des jours avec une telle valeur même pas assurée contre le vol, contre le feu et toutes sortes de dégâts. Mille dollars! Que représenterait donc l'ensemble des fourrures laissées à Portage-des-Prés, si ceci, un simple échantillon, valait déjà mille dollars!

Cette spéculation donnait à la physionomie du capucin un air de profonde hésitation. Il se mit à penser à son Supérieur qu'il n'avait même pas averti de son voyage. Son visage prit l'expression de la culpabilité, du remords et, enfin, d'un renoncement total aux affaires de ce monde.

— Onze cents dollars! offrit Sam Goldie, inquiet de voir échapper le capucin.

— Comment! dit le missionnaire sur un ton de voix encore plus étonné et qui pouvait passer pour exprimer l'indignation.

— Mille deux cents dollars, proposa Goldie, mais c'est mon dernier prix. Les peaussiers, les teinturiers demandent maintenant des prix fous, depuis qu'ils sont syndiqués. Les assurances contre les dommages ont triplé.

Bref, il donna tant d'explications que le père Joseph-Marie jugea avec raison qu'il pourrait faire monter ce prix qui lui avait d'abord paru énorme.

Il se prenait d'ailleurs au jeu avec passion. Il aurait parlementé des heures maintenant, rien que pour obtenir cent dollars de plus.

— Vous avez là, sous la main, entreprit-il d'expliquer, des visons du grand Nord. Ce ne sont pas de ces petites bêtes maladives d'élevage et de captivité qui dépérissent, perdent leur appétit et leur plus beau poil en cage. Pas de visons dégénérés, mais tâtez-moi ce poil de liberté, ce poil des bêtes qu'il faut aller chercher... Au fait, savez-vous seulement jusqu'où il faut aller les chercher? Il faut remonter les lacs, les rivières, portager, se rendre jusqu'aux lacs Katimik, Chetk et Braken, et plus loin encore. En avion, se prit-il à souligner d'un petit rire aimable, ce n'est pas trop fatigant. Un magnifique pays, d'ailleurs! Il y a deux ans, j'ai eu la chance de le survoler. De loin, comme ça, vu des airs, le Nord n'a pas l'air trop difficile, voyez-vous! Mais imaginez-vous donc lancé à pied ou en canot et en plein hiver dans cet enchevêtrement de petits lacs, de petits bois...

— Mille quatre cents dollars, c'est absolument mon dernier prix, fit Gordie.

— J'ai connu un pauvre type, commença le capucin, qui a tout de même fini par laisser ses os quelque part au bord du Red Deer Lake. Je ne vais pas vous raconter cette triste histoire. Mais figurez-vous qu'un blizzard surprit mon pauvre Oscar Chartrand alors qu'il finissait la tournée de ses pièges. Il faisait un froid de loup...

— Mille quatre cent cinquante dollars!

On atteignit un chiffre rond de mille cinq cents dollars. Inquiet d'une ambition qui pourrait le mener trop loin et l'abaisser comme la Perrette de la fable, le père Joseph-Marie se précipita vers le bureau, signa le marché.

Depuis lors, il avait acquis de l'aisance dans les affaires. La Compagnie aussi bien que les métis avaient eu lieu de se féliciter du capucin. La preuve en était dans cette magnifique pelisse de vison offerte au père Joseph-Marie avec les remerciements de l'Imperial Fur Company.

Il arrivait donc tous les printemps à Toronto, vêtu, à l'extérieur du moins, comme un ancien boyard. Il espérait ne pas pécher par orgueil. Il ne mettait le manteau qu'une seule fois par année et uniquement pour se présenter à Samuel Goldie. Se montrer aux pauvres métis de Portage-des-Prés dans cette superbe pelisse, il ne pouvait en être question. Bien justement, les trappeurs auraient pu se croire roulés par leur missionnaire. D'ailleurs, comment aller prêcher la charité, l'amour des pauvres, vêtu comme un despote de la terre! D'autre part, il ne voulait pas paraître ingrat auprès des donateurs du manteau de vison. Ils avaient eu un bon mouvement, et si cela pouvait leur faire plaisir d'habiller un vieux missionnaire en monseigneur, ce n'était pas à lui de leur enlever cette petite satisfaction.

Voici donc comment le capucin avait résolu le problème de la pelisse.

Il la laissait à Winnipeg dans une housse contre les mites chez une Hongroise de sa connaissance. Il partait de Toutes-Aides dans sa vieille pelisse de mouton qu'il portait la fourrure en dedans et le drap à l'extérieur parce qu'elle était tout de même moins usée de ce côté-ci, sans gants, un gros foulard gris enroulé cinq ou six fois autour du cou. À Winnipeg avait lieu la transformation. Pour compléter son allure, le capucin s'achetait un cigare. Il entrait chez Goldie de son grand pas de coureur des bois, le cigare au bec, un journal plié sous le bras, mais sans gants et exposant ses mains rougies par le froid. Il s'était aperçu qu'il obtenait des conditions de plus en plus intéressantes à discuter d'égal à égal pour ainsi dire. Il n'allumait pas son cigare dont la fumée l'aurait suffoqué. Mais il écartait nonchalamment sa pelisse. Pendant quelques jours, tous les ans, il savourait l'impression d'être fort, intelligent et la sensation de sécurité que lui procurait la pelisse. Il se rappelait le beau conte de Gogol: *Le Manteau,* et il convenait que rien ne donnait autant d'aplomb, en effet, qu'un costume riche. Dieu avait bien agi en le privant d'argent. Il aurait pu être aussi orgueilleux qu'un autre. Il relevait la tête jusque devant le président de l'Imperial Fur Company. Celui-là ou un autre, personne n'en imposait beaucoup au capucin quand il avait sa pelisse sur le dos. «Touchez-moi ce beau poil fin, doux. Poil de liberté! Pour une fourrure si chaude, si douce, les trappeurs doivent s'avancer deux cents milles au nord... passé le Red Deer Lake...»

Les fourrures étaient maintenant expédiées directement de Portage-des-Prés. Le capucin ne venait plus à Toronto que pour le contrat annuel, débattre des prix, de la quantité de pelleteries, et même, parfois, de la mode qui allait plutôt au rat musqué ou au castor. Il n'en était plus, comme à sa première visite, à s'emparer du chèque aussitôt signé. Les chèques étaient adressés à son nom au bureau de poste de Portage-des-Prés. Et lui-même quittait Toronto en gros homme d'affaires qui n'a pas besoin pour se sentir riche d'avoir ses poches gonflées de liasses. Mais tout autre était son attitude quand il venait, comme ce jour-ci, se présenter au guichet de la petite cabine, dans le coin du magasin, qui constituait le bureau de poste, y réclamer son courrier. Alors, c'était plutôt pour lui comme le revers de la médaille.

*   *   *

— Mon courrier, auriez-vous l'obligeance de me donner mon courrier, monsieur Bessette? demanda le capucin d'une voix polie.

Les métis attendaient leur argent, assis l'un sur un sac de lentilles à demi ouvert, l'autre sur le comptoir même d'où il balançait de grosses bottines de caoutchouc. Samson, accroupetonné sur les talons, son bonnet de fourrure enfoncé jusqu'aux oreilles, guettait Bessette d'un regard futé. Il se prit à fredonner un air plein de malice tout en effilant de la pointe de son couteau de poche un petit bout de bois. Bessette mettait beaucoup de temps à passer de sa fonction de marchand à celle de maître de poste. Il pesait une livre de riz avec une extrême lenteur.

— Mon courrier, quand vous aurez le temps, monsieur Bessette, redemanda le capucin.

En son cœur, il trouvait bien dure l'humiliation infligée au marchand Bessette. Lui avoir soufflé les plus beaux marchés suffisait; c'était trop que de paraître s'en réjouir. Mais comment agir autrement! Il n'aimait pas se promener longtemps avec un chèque important dans sa poche. Il avait l'habitude d'y prendre des petits bouts de papier pour allumer sa pipe. La prudence l'obligeait à faire venir l'argent à Portage-des-Prés pour le distribuer tout de suite.

Bessette entra enfin dans la cabine de la poste. Son âme était pleine de fiel. Pour lui, il ne faisait aucun doute qu'à ce moment-ci le capucin jouissait de son triomphe. Allez donc vous fier à l'air bonasse de ces vieux missionnaires! Ils vous parlent de Dieu et de la justice à cœur de jour et n'ont rien de plus pressé que de se liguer contre les Blancs avec leurs Indiens et leurs métis! Ce qu'il fallait ici, c'était un curé séculier, un de ces prêtres comme il y en avait partout ailleurs, qui s'occupaient strictement de la religion, de baptiser, de confesser, de marier les gens et qui laissaient aux marchands leurs coudées franches. Lui-même, Bessette, était si peu hostile à la religion qu'il était prêt à faire bâtir un bon presbytère à ses frais, à donner un grand morceau de terrain en faveur d'un curé qui resterait à sa place. Il l'avait laissé entendre à Monseigneur. Sous les pieds du capucin, le sol était peut-être déjà miné beaucoup plus qu'il ne le soupçonnait. De plus, c'était un étranger. Même pas un Canadien, et ça se permettait de tout régenter!

Bessette tâta le maigre tas de lettres, feignit d'y chercher longuement celle qu'il avait vite repérée, examinée, soupesée.

— Cherchez bien, l'encouragea le capucin. Ma lettre doit y être.

Bessette suait à grosses gouttes. Sa souffrance était grande quand il fallait remettre au capucin l'enveloppe recommandée à l'en-tête de l'Imperial Fur Company. Il imaginait le plaisir qu'il aurait eu à la jeter au feu.

Ce n'était pourtant pas encore le moment le plus cruel. Le raffinement du supplice venait lorsque le Père, prenant connaissance de la lettre, lançait un petit sifflement joyeux entre ses dents. Quelquefois, il ne pouvait se retenir d'énoncer un chiffre à voix haute: «Trois mille dollars, mes enfants!» Les métis l'entouraient. Ils voulaient voir le chèque, le toucher, l'examiner à l'envers et à l'endroit. Un simple petit bout de papier couvert de timbres, et pensez donc ce qu'il représentait!

Quand ils avaient regardé le chèque à loisir, les métis le rendaient au capucin qui, de nouveau, s'adressait à Bessette. Il le faisait avec une mine presque piteuse. Cette supériorité dont l'accablait la Providence lui était lourde à supporter. Comme pour l'atténuer, il s'embarrassait de formules compliquées:

— Si cela ne vous ennuie pas trop, si cela ne vous dérange pas, je vous serais obligé de m'encaisser ce petit chèque, monsieur Bessette. Autrement, il me faudrait aller à Sainte-Rose-du-Lac.

Le marchand-maître-de-poste connaissait alors un dur conflit. Envoyer promener le capucin le tentait fort. Mais les métis, indolents, dépensaient habituellement une bonne partie de leur argent sur place, à l'endroit même où ils le touchaient. Les contraindre à l'aller chercher à Sainte-Rose-du-Lac, c'eût été à coup sûr sacrifier de beaux bénéfices aux marchands de là-bas.

Bessette commença de compter les billets. Il les avait habituellement en main, car en prévision de cette affaire il faisait venir une forte somme liquide de la banque. Il ne lui semblait pas moins que c'était de son propre argent, de sa propre vie qu'il se séparait.

Or, au fur et à mesure que le tas de billets montait à l'ouverture du guichet, le capucin se rapetissait, perdait son aplomb. Il devenait triste. Tant d'argent! Pour le meilleur des hommes l'argent n'est-il pas une pierre d'achoppement, un danger pour l'âme, une source de dureté souvent!

— Voilà de quoi se saouler à leur goût, souffla justement Bessette, courir à la ville, dépenser en cinquante folies.

Il n'avait pas su d'abord que ses paroles touchaient le prêtre à l'endroit le plus sensible. Maintenant il s'en doutait bien, et il renchérit:

— Si Ti-Pitte Mackenzie n'avait pas eu quinze cents dollars d'un coup l'an dernier, il n'aurait pas été courir s'acheter une vieille Chevrolet à Winnipegosis et il n'aurait pas été s'écraser contre un camion. Un pauvre type qui conduisait pour la première fois de sa vie, saoul par-dessus le marché!

Le capucin courba la tête. Il se sentait encore bien plus coupable que ne pouvait l'imaginer Bessette. C'était bien vrai, hélas, que les trappeurs, à mesure que leurs profits augmentaient, prenaient davantage goût à l'alcool, à des toilettes extravagantes pour leur femme, au cinéma de Rorketon. Il avait cru travailler à leur bonheur, et il n'avait peut-être réussi qu'à les en éloigner. Sans doute n'était-il pas au pouvoir des hommes de faire le bonheur des autres, ni même de corriger l'injustice. Pourtant que son cœur était triste de n'avoir pas réussi!

Il se réfugia dans sa petite chapelle, située un peu à l'écart du magasin dans une éclaircie de pauvres trembles. Il se disposait à entendre la confession des trappeurs, lesquels s'appelaient presque tous soit Mackenzie, soit Parisien. Autrefois, un trappeur écossais, grand trotteur et grand amoureux, avait parcouru en long et en large le pays de la Petite Poule d'Eau, laissant en de nombreuses cabanes des enfants nés du vif attrait qu'éprouvaient les femmes métisses pour ce gaillard blond aux yeux bleus. À sa manière, il s'était immortalisé à la Petite Poule d'Eau. Jusque chez les Indiennes de la réserve, il y avait encore aujourd'hui des Saulteux qui perpétuaient le nom de l'aventurier. Le prestige en était si grand chez les Indiens que, lorsqu'on les baptisa et qu'ils durent choisir un état civil, beaucoup optèrent pour ce nom de Mackenzie. À peu près pour les mêmes raisons, tout un clan de métis se nommait Parisien, mais, cette fois, plutôt d'après un sobriquet que d'après un nom véritable. On avait oublié depuis longtemps le nom du Parisien venu en cette région, et peut-être ne l'avait-on jamais su, quoique ayant de bons motifs pour le retenir.

Le père Joseph-Marie songeait plutôt avec tristesse, ce soir-là, à la manière dont sont engendrés beaucoup d'êtres humains et où il entre si peu d'amour. Ces pauvres métis, exploités déjà dans leur origine, l'étaient encore maintenant, par les marchands de plaisir de toutes sortes qui profitaient de leur simplicité. Ils n'étaient pas préparés à manier trop d'argent, n'ayant pas l'habitude de s'en servir. «Mais s'il faut attendre, pensait le pauvre homme, que les gens sachent que faire de la justice et de la liberté, autant dire qu'on ne les leur donnera jamais. D'ailleurs, c'est à l'usage que la justice s'apprend.» Pourtant, s'il s'était trompé!

Un doute l'accabla. Ce n'était peut-être pas Dieu qui lui avait conseillé l'Imperial Fur Company; peut-être même pas guidé vers Toronto. Mais alors, c'est de lui-même qu'il aurait fait ce voyage, cette invraisemblable suite de marchés! Allons, ce n'était pas possible. Dieu seul avait pu réaliser le marché avec Goldie. Seulement, il était encore trop tôt pour lui demander des explications. Et peut-être, avec Dieu, fallait-il se passer d'explications. Quel mérite y aurait-il, autrement, à la confiance!

Il passa le surplis, l'étole sur sa vieille robe crottée. Il se sentait un homme usé, maladroit, penaud, qui faisait peut-être plus de mal que de bien. Depuis l'entente avec les marchands de Toronto, Bessette ne mettait plus les pieds à l'église. Cependant, une grande indulgence pour le marchand était venue au capucin, depuis qu'il éprouvait lui-même, une fois par an, enveloppé de sa pelisse, la sensation de la richesse. La pauvreté n'était peut-être pas le seul moyen de comprendre les autres. Cela supposerait d'ailleurs qu'il n'y a rien que des pauvres sur terre.

«Et puis, c'était si agréable, tenta-t-il encore d'expliquer, d'être sur terre le plus fort, comme toi, mon Dieu, dans le Ciel.»

VII

Chaque année, vers le troisième ou le dernier dimanche de juillet, un beau soir, un enfant Tousignant accourait dans la maison en criant: «V'là le capucin! V'là le capucin!»

Cette visite tombait à l'époque la plus animée de l'année dans l'île de la Petite Poule d'Eau. En juillet, on y faisait la récolte des foins sauvages, très abondante. Bessette l'envoyait prendre sur des barges qui descendaient la Grande Poule d'Eau jusqu'au lac et de là naviguaient vers Winnipegosis où le foin était chargé sur des camions ou des wagons du chemin de fer. Bessette envoyait deux ou trois hommes aider Hippolyte à la fenaison qui durait près d'un mois. Il venait lui-même, vers la fin des travaux, presque toujours dans la Ford du facteur ou profitant d'une autre occasion, car il redoutait d'abîmer sa Buick neuve sur la piste terriblement raboteuse, celle-là même qu'il décrivait néanmoins comme très passable lorsqu'il s'agissait de signer une pétition pour l'améliorer. Il faut bien le savoir, cette amélioration l'aurait entraîné à payer un surcroît d'impôt. Il était venu, une fois pourtant, dans sa grosse Buick jusqu'au bord de la Grande Poule d'Eau et il s'était mis à corner pour qu'on vînt du ranch à sa rencontre. Hippolyte, d'humeur assez indépendante quand Bessette ne se trouvait pas à portée de voix, avait marmotté que le marchand pouvait attendre des heures, que ce n'était pas une façon d'appeler les gens à coups de klaxon et assis tout ce temps-là sur les coussins de sa voiture. Il était pourtant parti assez vivement, suivi de plusieurs enfants qui voulaient à tout prix voir de leurs yeux la Buick. Jamais ils n'auraient cru qu'une auto pût être si reluisante; ils avaient pu se mirer dans le garde-boue, partout où ils regardaient. Bessette les avait écartés avec impatience. Il ne voulait pas de marques de doigt sur la carrosserie. Ce n'était pas fait pour être touché, une auto de ce prix.

Il passait la journée au ranch, doué d'un flair inouï pour découvrir tout ce qui pouvait clocher. Quelquefois, il était accompagné d'un vétérinaire qui examinait le troupeau de moutons. Une brebis était-elle morte dans l'année, Hippolyte devait raconter la maladie en détail devant le vétérinaire qui prenait des notes et établissait un diagnostic d'après les livres. Toute la journée Hippolyte était sur les dents. Il était bon régisseur, Bessette le savait, mais il n'en aurait pas convenu pour un empire. Il était de ces hommes avares pour qui faire un petit compliment, c'est se dépouiller soi-même. Après l'inspection du troupeau, il se rendait à pied tout au bout de l'île, voir si le foin avait été coupé jusqu'aux bords extrêmes des petits bois de trembles. Sa physionomie ne montrait rien, ni satisfaction, ni grand déplaisir. Quand il revenait et qu'il voyait la petite école bâtie par Hippolyte, alors seulement ses lèvres s'entrouvraient en une expression de pitié dédaigneuse. Il se faisait reconduire à sa voiture. Tout le monde était soulagé de le voir partir. Cependant, les deux ou trois hommes embauchés par lui restaient. C'étaient souvent des gens du dehors, de Rorketon, de Sainte-Rose-du-Lac. Ils donnaient des nouvelles de loin. Quelquefois, c'étaient des gens doués pour la musique, et l'on était heureux, le soir, devant la grande maison basse, assis sur la terre même, de les entendre jouer de l'harmonica ou chanter les complaintes des cow-boys. Luzina aimait bien ce temps de l'année, surtout après le passage de Bessette qui était tout de même comme un nuage dans un ciel parfaitement agréable. Sa seule réserve était que toute la visite de l'année arrivait pour ainsi dire à la fois et que l'on n'avait pas le temps de la goûter assez. Elle regrettait qu'on ne pût en garder un peu pour l'hiver où l'on aurait eu tellement de loisir pour s'en régaler.

Elle avait inventé un ingénieux moyen de signalement pour être du moins avertie quelques minutes à l'avance de l'approche du capucin. Pierre faisait le guet sur la terre ferme, le troisième et quelquefois le quatrième vendredi de juillet. Dès qu'il reconnaissait le missionnaire, au loin, dans la Ford du facteur, il introduisait deux doigts dans sa bouche et lançait un sifflement aigu. Son frère, posté dans l'Île-aux-Maringouins, relayait le signal à un autre frère planté, celui-là, au bord de la Petite Poule d'Eau. De la sorte, au moment où le capucin descendait de la Ford de Nick Sluzick, Luzina arrachait son tablier de ménage, se lissait les cheveux et se dirigeait sur le seuil.

Cette année, Bessette avait fait son inspection; on n'avait plus à redouter l'embarras de voir le capucin exposé aux «pointes» du marchand. De plus, ceci se passait au temps magnifique de mademoiselle Côté. Luzina était encore jeune, bien portante et joyeuse.

L'instruction rayonnait dans l'île. Il restait encore un «homme engagé» pour faire plus de monde à la maison. Et voici que par cette belle soirée d'été, Dieu arrivait pour leur rendre sa visite annuelle. Que demander de plus vraiment, à moins de souhaiter le ciel sur terre!

Peu de temps après avoir été annoncé, le capucin apparaissait au bout éloigné de la petite île. Avec sa haute taille, il était discernable de loin. Mais les jeunes garçons qui trottinaient à côté de lui dans les roseaux étaient complètement invisibles. On entendait déjà bien, cependant, leurs voix claires bavarder avec le capucin et se rapprocher. Il marchait d'un véritable pas de trappeur, qu'il aurait pris aux métis, disait-on, s'y appliquant comme à un signe extérieur de sa vocation. Il descendait dans la barque qu'il manquait renverser sous le poids de son corps. D'un œil bleu, tout charmé, il suivait le vol des canards qui s'élevaient des roseaux. Parfois, la petite rivière traversée, il restait assis dans la barque, tout distrait par la pureté sauvage de l'endroit, ne se doutant pas qu'il eût atteint la rive. Pierre posait les rames, attendait. Il finissait par expliquer:

— On est rendu chez nous, mon Père.

— Bien oui, t'as raison, Pierre. On est rendu chez nous.

Luzina arrivait à sa rencontre. Elle pliait le buste, les genoux, en un singulier mouvement qui lui faisait perdre l'équilibre, grasse comme elle l'était. Elle s'écriait, émue, saisie de respect et de la longue nostalgie qu'éclairait sa joie:

— Ah, mon Père! Vous voilà enfin, mon Père! Dire que vous voilà, mon Père!

Il devait courber la tête pour entrer dans la maison. Il se dirigeait droit à la berceuse qu'Hippolyte lui cédait sur-le-champ. À peine y était-il installé que les enfants l'entouraient. Les plus petits étaient fascinés par l'extrême blancheur des dents au fond de la barbe du capucin. Ils auraient bien voulu les toucher. C'étaient des dents qu'il pouvait sortir de sa bouche ainsi qu'il avait été démontré plusieurs fois déjà. Or, toujours enclin à amuser les enfants, le père Joseph-Marie entrait dans le jeu qu'ils aimaient. Il laissait les petits venir de très près examiner ses dents. Puis, tout à coup, il tirait son dentier; il faisait semblant de vouloir les mordre. Les enfants de Luzina n'avaient point vu d'autre dentier. Cette exhibition les épouvantait sans cependant calmer leur intense curiosité. Ils n'oubliaient les dangereuses dents qu'au moment où le capucin les invitait à venir chercher eux-mêmes, au fond de sa poche, des pastilles de menthe, des sucettes. Cette année, il avait apporté de la réglisse sous forme de fouets, de cigares, de pipes et même de blagues à tabac. Les petits eurent bientôt les lèvres toutes noircies. Se balançant à toute allure, le capucin alors se lança dans ses récits.

Aux gens de Rorketon, il avait pu donner une cloche, un harmonium, la musique de Haendel et de Bach; à ceux de Portage-des-Prés, la protection contre les profiteurs et un grave avertissement contre les méfaits de l'alcool. Dans cette maison isolée, dépourvue de téléphone et même de radio, il était tout content de ne donner que les nouvelles du pays.

* * *

— Vous avez su qu'il y a du nouveau chez les Bjorgsson?

Il avait pris la façon canadienne-française, aimable et délicate à son avis, d'annoncer les naissances.

— Les Sauvages ont passé chez eux dans la nuit du mardi.

— C'est vrai! dit Luzina, contente.

Cette visite de Sauvages dont parlait le capucin était faite pour l'intéresser. De plus, elle avait conservé de l'hospitalité des Islandais, lors de son voyage de retour en compagnie d'Abe Zlutkin, il y avait tout juste quelques années, un souvenir captivant.

— Les Sauvages ont laissé un garçon? Une fille? demanda Luzina.

C'était bête, dut avouer le capucin, il ne se rappelait plus. Peut-être même avait-il oublié de s'informer. En revanche, il connaissait de vue le type, un Lituanien de Rorketon, qui avait tué sa femme à coups de hache.

— À coups de hache! gémissait Luzina. Mon Père, mon Père! C'est effrayant!

Il passa vite à une nouvelle consolante.

— Notre député au parlement m'a laissé entendre qu'il y aurait peut-être quelques charges de gravier cette année à mettre sur la route de Rorketon à Portage-des-Prés.

— C'est sur notre route qu'il y en aurait le plus grand besoin, commenta Hippolyte.

— Comme de fait! Comme de fait!... Mrs. Macfarlane ne va pas mieux. Elle a les doigts complètement déformés.

— Pauvre femme! la plaignait Luzina. Il n'y a donc rien à faire?

— Eh non, soupira le vieux prêtre. C'est une maladie rebelle.

— Y en a beaucoup comme ça de maladies qu'on ne peut pas guérir?

— Hélas!

Par contre, il pouvait annoncer que le vieux Connelly, opéré d'une cataracte, lisait le journal comme dans son jeune temps.

— Que ça me fait donc plaisir! s'écria Luzina d'un ton aussi joyeux que si on lui eût annoncé la guérison de sa plus chère connaissance.

— La médecine fait beaucoup de progrès, assura-t-il. Dieu est bon.

— Mais il n'y a rien contre les rhumatismes? demanda encore Luzina.

— Hé non!

Il en était lui-même souvent affligé.

Mais cette bizarrerie des progrès en médecine que lui soulignait Luzina, assez injustes, en somme, puisque apportant du soulagement aux uns ils le refusaient aux autres, le laissait néanmoins assuré que ce devait être bien ainsi. Dieu n'avait pas agi autrement en accomplissant des miracles.

— Par exemple, je n'aurai pas la petite Koussilevska pour ma chapelle de Rorketon, leur apprit-il.

Il pouvait maintenant rire un peu de ses prétentions. Avoir jeté les yeux sur une jeune Ukrainienne autrefois de Rorketon, mais maintenant connue dans la capitale, une vedette de la radio, à qui ses compatriotes avaient dû payer le voyage de Winnipeg, une étoile pour tout dire, fallait-il qu'il eût perdu la tête! Cependant, cela prouvait son bon goût en musique.

Hi! Hi! Par une association d'idées invisible aux Tousignant, il aborda joyeusement un autre sujet:

— Je suis enfin parvenu à marier mon Olaf! L'homme n'est pas fait pour vivre seul... vous savez bien, Olaf Petersen à l'oreille fendue, qui n'a qu'un œil...

Tout le monde, à la description, reconnaissait le grainetier de Rorketon dont Luzina avait déjà donné le signalement.

— Avec une petite Polonaise d'Ochre River.

— Pour avoir pris Olaf, elle ne doit pas être bien jolie, fit Luzina.

— Au contraire, fort jolie, assura le capucin qui, à vrai dire, trouvait presque toutes les femmes avenantes. Ce pauvre Olaf, est-ce que je vous ai raconté comment il a failli mourir? Il habitait alors Winnipegosis. Il faisait la pêche sur le lac. Un soir, à l'automne, il était au large, à douze milles de la côte...

L'on entendait pour la quatrième fois comment la glace avait pris très vite tout autour du petit bateau de pêche et comment Olaf, parti à pied sur cette légère croûte de glace, s'était égaré...

Pendant ce temps Luzina menait ses préparatifs de souper. Partagée entre ses soucis de ménagère et l'inté- rêt qu'elle accordait aux récits, elle mettait deux fois plus de temps que d'habitude à dresser sa table et encore perdait-elle certains détails qu'elle aurait bien voulu saisir. L'ennui était que le capucin se mettait toujours à parler au moment où elle devait bien songer, elle, à lui faire un bon repas.

Tout à coup, il envoya l'un des enfants lui chercher sa petite valise de fibre dans laquelle il transportait,

mêlées aux objets du culte, les plus singulières choses:
un tournevis, quelques écrous parfois, des pièces d'é-
crémeuse, car il se chargeait volontiers des commis-
sions de gens qui n'allaient pas souvent à la ville. Il
fouilla quelque temps dans la valise, en ramena une
petite tige en métal et quelques rondelles.

— Tenez, voici les pièces que vous m'avez de-
mandées pour votre machine à coudre. Je n'ai pas oublié, rappela-t-il avec une très grande satisfaction.

— Mon Père! Comme vous êtes bon!

Elle examina les pièces, s'aperçut que ce n'était
pas du tout ce qu'elle avait demandé, mais se garda bien
de paraître dépitée.

— C'est rien, ma fille, fit-il, allant au-devant
des remerciements. Si vous avez besoin d'autre chose,
marquez-le-moi sur un petit bout de papier. Il faut me
l'écrire, par exemple. Je perds la mémoire.

L'histoire d'Olaf lui était de nouveau partie de la
tête. Il ferma les yeux. Les préparatifs du repas qu'il
avait tant de fois interrompus flattèrent ses narines. Si
peu gourmand ailleurs, le capucin, lorsqu'il arrivait
chez Luzina, avait grandement hâte de se mettre à table.
C'était ici l'étape la plus heureuse de sa longue trotte.
À travers sa robe de bure, il percevait la chaleur des
corps d'enfants appuyés à son épaule ou allongés contre
ses jambes. Errant, il sentait dans ses membres la fatigue
de ses voyages perpétuels, de l'immense chemin parcouru, et le bien-être d'y céder enfin, car c'était ici ce
qu'il pouvait y avoir pour lui de plus proche d'un foyer.
Mis mal à l'aise ailleurs par les signes de respect qu'on
tenait à lui marquer, il aimait l'air de fête joyeuse qui
s'accordait ici avec sa visite. Il tira un peu sa chaise.

— Le Père Théodule a fait peindre trois tableaux dans l'église de Toutes-Aides, dit-il. Par un Hollandais...

— Ça doit être beau, mon Père!

— Hum!... Beau!...

Il revoyait les trois fresques violentes en couleurs qui représentaient la vie du Sauveur. Les personnages étaient habillés de vermillon, de gros bleu; les visages étaient grossiers. Le peintre avait peut-être cherché à imiter les primitifs. Cela faisait amateur. Mais lui-même ne connaissait pas grand'chose à la peinture. Peut-être n'était-ce pas si mal... Il revoyait le *Repentir de saint Pierre* du Greco. Des larmes vinrent à ses yeux, de reconnaissance envers l'artiste qui avait su communiquer une émotion si puissante, et de pitié envers saint Pierre, le tout confondu en une joie qui l'étreignait. Que le goût du beau, de Dieu et de l'humain fussent ainsi à la fois satisfaits, c'était presque plus de satisfaction que le cœur n'en pouvait contenir.

— C'est prêt. Approchez, mon Père, dit Luzina.

La grande tablée se composait autour de lui et comprenait jusqu'au bébé installé dans sa chaise haute et qui criait déjà de convoitise à la vue des plats. Les chats étaient là aussi, prêts à prendre du bout de leur patte un petit morceau de viande. Le capucin tendit son assiette à Luzina du même geste confiant que les enfants. Elle commençait à peine à l'emplir, qu'il protestait déjà que c'était trop. En vérité, il mangeait peu, habitué à se nourrir presque exclusivement de pâtes, de patates froides. Du pain seulement il redemandait. C'était encore ce qu'il trouvait de meilleur chez Luzina, ce beau pain de ménage, blanc et si léger. Chaque fois, il s'extasiait, lui en faisait grand compliment et, chaque fois, il en demandait la recette, mais pour l'oublier aussitôt, car quand donc aurait-il eu le temps de faire son propre pain! Il raconta pourtant avoir essayé une fois; il croyait avoir fait exactement tout ce qu'avait dit Luzina, mais que ce pain avait donc mauvaise couleur!

— Pas du tout comme celui-ci, dit-il avec étonnement.

Peut-être avait-il oublié le levain.

Soudain, à la fin du repas, le capucin cessait de rire, de parler. Il chassait quelques miettes de sa robe. Il s'efforçait de prendre un air sérieux. Il se levait de table et s'en allait seul, de lui-même, vers la salle attenante à la cuisine, qui, pendant son séjour chez les Tousignant, servait de chapelle.

Avant de franchir le seuil, à demi tourné vers la famille, il disait:

— Je serai à votre disposition quand vous voudrez, quand cela fera votre affaire.

C'était maintenant le confesseur qui leur parlait.

VIII

Luzina enleva de nouveau son tablier, elle lissa encore une fois sa chevelure cendrée. Pour donner du courage aux autres, elle allait toujours la première rejoindre le prêtre assis dans un coin de la salle, la tête entre les mains. C'était aussi pour être plus tôt débarrassée du poids de ses péchés. Toute une année à en supporter le fardeau, c'était trop long, c'était terriblement long!

Elle entra sur la pointe des pieds. La pièce était dans la pénombre. Luzina avait d'avance tiré les rideaux contre la lumière trop gaie, trop longue à disparaître par ces beaux soirs d'été et qui n'aurait pas convenu à la gravité des événements. Tout au fond de la salle, le capucin était assis sur une petite chaise droite. Il s'y tenait à ce point immobile qu'on aurait pu le croire endormi si l'on n'avait surpris l'éclat doux, ardent, de ses petits yeux qui brillaient. Ses épaules étaient ployées. Il semblait vieillir, perdre sa vigueur et sa gaieté dès qu'il prenait place sur cette pauvre chaise droite dans la partie la plus sombre de la salle. Une singulière émotion gonfla le cœur de Luzina. À voir le missionnaire tassé sur lui-même, on aurait dit que c'était lui le coupable et qu'il était là comme affaissé sous le poids du mal.

Luzina s'agenouilla presque aux pieds du capucin, sur le plancher.

— Mon Père!... commença-t-elle et, dans son embarras, elle hésita longuement.

Il avait détourné son regard pour ne point l'intimider, mais quand elle disait ainsi: «Mon Père...» il devait ramener le regard vers elle, exactement comme un père que sa fille appellerait.

Curieux était son sentiment à l'égard de cette femme, à l'égard de toutes les femmes peut-être, mais non, à l'égard de celle-ci surtout. Ainsi qu'il convenait pour répondre à ce cri «Mon Père», c'était une pure, une profonde affection qu'il éprouvait. Sans famille, sans enfants, sans épouse, le capucin sentait vibrer en lui la nostalgie de la paternité. Le goût lui venait d'allonger la main, de toucher du bout des doigts la joue fraîche de Luzina en une furtive caresse de père à son enfant. Mais à cette émotion paternelle s'ajoutait la vieille faim de l'homme d'être dorloté, choyé, protégé par l'affection toute maternelle de la femme. Et c'était à la fois à sa fille et à l'âme protectrice de la femme qu'il s'adressait:

— Oui, mon enfant!

Elle commença à avouer de petites fautes d'impatience envers les enfants; puis elle en vint à ses devoirs d'épouse. Elle poussa un soupir. Chaque année, au même endroit, Luzina confiait au capucin en rougissant qu'elle ne se pliait pas avec une entière soumission aux exigences du mariage. Elle ne possédait pas les mots pour exprimer délicatement ce qu'il était déjà si difficile d'avouer. Elle aurait voulu espacer un peu plus les naissances. Elle était d'abord de mauvaise humeur, portée à se décourager, disait-elle, lorsqu'elle se découvrait «encore une fois partie pour la famille». Elle résumait la situation: «Comprenez-moi, mon Père; les enfants que j'ai déjà, je n'en donnerais pas un pour tout l'or du monde, mais j'aimerais quasiment mieux ne pas en avoir autant. C'est mal de penser comme ça, hein, mon Père?»

Or le missionnaire, chaque fois, avait peine à ne pas se mettre en colère.

— Que racontez-vous, ma fille! Vous avez eu dix enfants en quatorze années de mariage. Voyons, ma fille. Ne me parlez pas de péchés. C'est mal juger notre Père qui voit mieux que vous-même dans votre propre cœur.

— Mais j'accepte mal, s'accusa Luzina. Je me rebiffe.

Il lui jeta, à la dérobée, un regard pénétrant et attristé. Même au confessionnal, ce n'était pas le mauvais côté de la nature humaine qui ressortait à ses yeux. Il y saisissait bien souvent la bonne volonté des âmes. Quelquefois, en plein cœur, il recevait la révélation de cette droiture profonde des âmes. Il regardait alors au-delà de sa pénitente d'un œil plein de mélancolie; et ce qu'il contemplait, c'était l'inépuisable somme de bonté dans le monde, la tragique, parfaite bonne volonté de tant d'humains et qui n'arrivait quand même pas à changer le monde.

— Allons, ne dites pas de folies!

Son regard fila tout à coup vers une expérience bien étrange de sa vie. C'était au mois de mars. Une violente tempête l'avait surpris sur le bord du lac

Winnipegosis. Là, plus qu'en aucun endroit du pays des lacs, le vent souffle avec intensité. Il avait trouvé refuge dans une petite maison exposée comme un phare aux tourbillons de neige et aux fracas des vagues. La nuit venait. Il se trouvait chez des Finlandais, de très pauvres gens comme il y en a par là-bas qui ne vivent que de pêche. La jeune femme était venue lui embrasser la main, sur le seuil, disant que Dieu lui-même, répondant à son appel, lui avait envoyé le missionnaire. Elle était à son terme. Pietr, son mari, hésitait à aller chercher du secours. Comment y parvenir? Le téléphone était à quatre milles. Réussirait-il à s'y rendre que, certainement, la sage-femme elle-même ne pourrait se mettre en route par pareil temps. Pietr se lamentait, la tête entre ses mains. Pourquoi était-il venu s'établir en ce pays cruel? À quoi avait-il pu songer en y amenant une femme? Enfin, il s'était décidé à partir, comme le capucin se préparait à chausser ses raquettes.

Il avait passé toute la nuit seul avec Christiana. Pietr avait dû s'égarer en chemin ou, à demi gelé, s'arrêter en route chez des voisins. La sage-femme pouvait aussi être en course à l'autre bout du pays. Il s'était imaginé à la place de Christiana, seule avec cet étrange compagnon qu'il faisait et il avait compris la solitude de Christiana comme celle d'aucun être humain. Elle pouvait avoir dix-neuf ans. C'était son premier enfant. Elle appela sa mère tout à coup. Sa mère qui était quelque part en Finlande. L'angoisse régnait dans la petite maison secouée par la tempête. Avait-il jamais éprouvé l'angoisse avant cette nuit! Il aurait dû, se reprochait-il, aller lui-même chercher du secours. À quoi tenait son angoisse? Ce qui s'accomplissait sous ses yeux était le geste le plus normal de la condition humaine. Le jour se leva enfin. Pietr ne rentrait toujours pas. Le capucin avait fait du café pour Christiana. Il l'avait forcée à boire. Et il marchait. Il marchait dans la pièce, en long et en large. Rien que de très normal ne se passait ici, une naissance entre des milliards et des milliards, et il sentait la sueur s'échapper de lui, ses mains trembler. Ce qu'il devait le plus longtemps se rappeler, c'était à quel point Christiana lui avait paru peu faite pour souffrir, façonnée comme pour y échapper par une intention divine de beauté, de délicatesse.

Il avait dû l'aider. C'était lui-même qui avait lavé l'enfant, qui l'avait enveloppé. Quand Pietr était revenu, accompagné de la sage-femme, le père Joseph-Marie, debout sur le seuil, leur avait fait signe de ne pas déranger Christiana. Elle dormait. La maison était propre. Il avait eu le temps de balayer, de refaire le feu et de mettre d'autre café à bouillir. Il était tranquille en son âme depuis le moment où il avait porté auprès de Christiana le petit enfant qu'il avait contraint à respirer, réchauffé, puis emmailloté. La douleur du monde restait pour lui intacte, toujours indéchiffrable; mais de même la joie et l'amour.

— Ma pénitence? Vous ne m'avez pas donné de pénitence, dit Luzina.

— Votre pénitence! Trois Ave et un Pater, ma fille.

Elle se leva. Elle s'en allait, le cœur léger. Il la rappela d'une voix humble, presque piteuse.

— Ma fille, j'ai encore fait un accroc à ma robe en venant à travers la petite île. Est-ce que vous pourriez me la rafistoler un peu?

Elle chuchota:

— Pendez votre robe à la poignée de votre porte. Je la prendrai quand vous serez couché.

Peu après, Hippolyte vint à son tour, penaud, le regard par terre.

Le capucin l'attendait, celui-là. Dix enfants en quatorze années de mariage, et pas encore content!

Mais sa colère tomba vite. Un peu honteux, un peu étonné, Hippolyte entendit un curieux sermon, une sorte de tendre plaidoyer en faveur des «créatures». Selon la coutume des Canadiens français, le capucin désignait les femmes par ce terme qu'il trouvait poli. Les créatures, disait-il, étaient d'une constitution faible, d'un «rouage» délicat. Elles avaient besoin d'égards. Les créatures n'étaient point faites pour satisfaire les passions sans frein des hommes, ni reproduire la race humaine sans arrêt, sans repos. Le bon époux prenait en considération la santé de sa femme, les difficultés de la vie. Le capucin cita saint Joseph, le chaste époux de Marie. Il cita Joachim, époux de sainte Anne et qui, d'après les écrits, ne semblait avoir eu d'elle que la Sainte Vierge. Il cita le nom de nombreux célibataires canonisés par l'Église. Il fut étonné du petit nombre de pères de familles nombreuses que l'on pouvait trouver parmi les saints. Il resta quelque peu interdit. Il avait beau chercher, il n'en connaissait pour ainsi dire aucun. Tout cela, au fond, restait d'ailleurs assez bizarre. Après avoir inspiré l'amour de la chair indispensable à ses desseins, Dieu n'en paraissait pas moins préférer ceux qui s'en abstenaient. De la sorte, si tout le monde eût voulu être parfait, la terre depuis longtemps serait dépeuplée. Voilà qui était curieux. Le capucin pensa qu'il aimerait examiner ceci à loisir, un de ces jours, mais en vérité, ce serait probablement une autre énigme qu'il faudrait laisser au Seigneur.

Il abaissa un regard plein de compassion vers Hippolyte. Il lui sembla que c'était peut-être Hippolyte, après tout, qui en avait le plus besoin.

*　*　*

Il mit du temps à s'endormir, allongé sur le sofa de la salle. Tout au fond de la pièce, un petit autel était déjà dressé par les soins de Luzina et de la maîtresse d'école, mais pour le moment il fallait bien se servir encore de la salle comme dortoir. Le sofa paraissait très confortable au missionnaire habitué à des couchettes autrement raboteuses. Ce n'était pas non plus le fait d'être en un lit étranger qui le dérangeait. Il ne couchait jamais très longtemps au même endroit et il avait acquis une merveilleuse facilité d'adaptation aux divers lieux où il campait. Il ne trouvait pas plus singulier, ce soir, d'être couché dans la maison de Luzina qu'il ne s'étonnerait, le surlendemain, de reposer sous la tente, aux environs de la réserve indienne. Les allées et venues de Luzina, qui devait bien emprunter le chemin de la salle puisque cette pièce commandait toutes les autres, ne l'importunaient aucunement. Elle se faufilait doucement à travers la salle, de sa propre chambre à la cuisine. Elle filait, les épaules arrondies comme pour mieux passer inaperçue. Elle avait besoin de sa corbeille à ouvrage laissée dans sa chambre ou d'y prendre quelque vêtement qu'elle voulait brosser et préparer pour le lendemain. Comme elle le disait, elle tâchait «de tout sortir à l'avance», mais il était rare qu'elle parvînt à tout prévoir. Elle s'était excusée d'avoir ainsi à «traverser votre chambre, mon Père... mon armoire à linge se trouve de l'autre côté et de même les habits de cérémonie que je garde au propre...» Il l'avait priée de ne pas se gêner, l'assurant qu'il dormait comme une vieille souche, que rien ne pouvait le retenir de glisser dans le sommeil dès qu'il avait la tête sur l'oreiller. Gros mensonge en vérité, car il était resté d'une émotivité, d'une excitabilité nerveuse si vives que de chaque petit incident il tirait matière à une peine ou à des joies aiguës. Non loin de lui, sur un autre sofa poussé contre la cloison opposée, dormaient deux des petits garçons de Luzina. Les mouvements des enfants dans leur sommeil, leur respiration, à ce qu'il croyait, ne le troublaient pas. Mais que d'embarras il avait encore créés dans cette maison! Il aurait dû insister pour coucher dehors, sous les arbres. Ça n'aurait pas été la première fois.

D'ailleurs, le sofa était pour ainsi dire trop confortable, muni de ressorts tout comme un lit d'hôtel. Luzina lui avait donné un gros oreiller de plume, trop volumineux, trop souple. Elle lui avait mis une taie toute fraîche, des draps propres, et il trouvait que c'était du gaspillage, puisqu'il ne serait ici qu'une seule nuit. Ce qu'il goûtait parfaitement, c'était l'air pur et frais de la rivière qu'il respirait par la fenêtre ouverte. Il lui plaisait aussi d'entendre les appels des oiseaux qui, de temps en temps, traversaient la nuit profonde. Qu'il était heureux dans cette maison de Luzina! L'excès même de son bonheur l'empêchait de se reposer. Étendu sur le dos, les yeux grands ouverts, le bonheur lui parut même si facile, cette nuit, qu'il se désola de ne pouvoir le faire comprendre à toute la terre. De quoi s'agissait-il, en effet, sinon de s'en remettre entièrement à Dieu! De ne pas s'inquiéter du lendemain!

À ce moment, Luzina entrouvrit de nouveau la porte. Elle se dirigea à pas feutrés à travers la salle.

Pourquoi ne dormait-elle pas encore, se demanda le capucin, à une heure si avancée? Il avait bel et bien oublié qu'il lui avait demandé de raccommoder sa robe. Il lui sembla donc qu'elle ne se reposait pas assez sur Dieu qui n'avait jamais demandé que le petit effort quotidien dont chacun est capable. Demain, il lui parlerait. «En vérité, je vous le dis, Salomon dans toute sa splendeur ne fut pas vêtu comme l'un d'eux...» Il faudrait rappeler cette leçon à Luzina. Lui expliquer que Dieu n'avait jamais exigé de veiller jusqu'à minuit passé... Sur ce, il s'endormit enfin, paisiblement, l'âme tranquille, cependant que Luzina étalait sur la table de la cuisine la pauvre robe du capucin et, d'un regard appliqué, évaluait les dégâts, la meilleure façon de les réparer. La déchirure était assez considérable et, de plus, l'étoffe tout autour fort mûre. D'un coup d'œil Luzina jugea indispensable d'y mettre une pièce. S'arranger pour qu'elle ne fût pas trop visible, là était le problème. C'était donc pour fouiller en son sac de retailles qu'elle avait encore une fois dérangé «le pauvre Père», qui sommeillait comme un vieillard, très mal, quoi qu'il prétendît. Cher vieil homme! Chère âme naïve et tendre! De l'avoir sous son toit, si confiant, si peu difficile, donnait à Luzina l'impression d'un enfant de plus sous sa garde.

Quelle déchirure tout de même! Faire un ouvrage propre demanderait une heure ou deux. Il était temps que le capucin s'achetât une autre robe. Personne ne devait avoir soin de lui, lui rappeler un peu d'ordre.

Si, après bien des éliminations, des simplifications, le capucin avait enfin atteint une image toute proche, toute familière de Dieu, combien plus directement encore Luzina y arriva-t-elle ce soir-là grâce à la vieille robe usée, imprégnée d'odeur de tabac! Dieu devait être dans le genre même du capucin, connaissant presque toutes les langues, fort en latin, un grand voyageur qui avait tout vu, vieux maintenant et sans doute fatigué, mais, justement parce qu'il était au-delà des petites choses, peu habile à s'y débrouiller.

Au fait, de quoi aurait l'air Dieu, pensa tendrement Luzina, si on ne faisait pas sur terre le gros de la besogne pratique! Si on ne se mariait pas! Si on n'avait pas d'enfants! Si on ne voulait plus raccommoder ni faire à manger!

Un élan d'affection toute maternelle envers Dieu saisit Luzina. En venant à la Petite Poule d'Eau où il n'y avait qu'une maison dans laquelle se retirer, Dieu ne s'en était-il pas remis à elle, la seule femme dans l'île! Sa bonne volonté se trouva décuplée. Elle profiterait de ce que son poêle était encore chaud pour y mettre ses gros fers à poignée de bois. Elle humecterait la robe, elle la repasserait, elle la mettrait dehors pendant une heure ou deux, au grand air de la nuit qui lui donnerait une bonne odeur de vent et de propreté. Mais elle ne devrait pas oublier de plumer ses poulets, de les nettoyer d'avance, si elle voulait avoir tout prêt pour le déjeuner qu'elle offrait à l'issue de la mission.

Désormais, l'habitude en était prise. Les premières fois, elle n'avait pu se résoudre à voir partir les voisins venus à jeun de si loin sans les restaurer quelque peu; puis, d'année en année, elle avait davantage soigné sa réception. Et son cœur s'était attaché à cette petite fête qui, sans qu'elle le comprît parfaitement, poétisait sa maison comme, autrefois, chez les premiers chrétiens, les agapes fraternelles.

Elle ne se coucha donc que très tard pour se relever d'ailleurs peu après. Toute vêtue, elle traversa la salle et, cette fois, avant de la franchir complètement, arrêtée à une distance respectueuse du capucin qui dormait encore, elle l'appela:

— Mon Père! Mon Père! Il est presque six heures. Les Sluzick arrivent, mon Père! Tout le monde va bientôt être là. Mon Père!

Puis elle alla frapper à la porte des deux chambres et elle recommanda à ceux qui y étaient:

— Attendez quelques minutes pour sortir. Le Père se lève.

IX

Une véritable petite foule endimanchée occupait maintenant la salle qui ne présentait plus du tout l'aspect d'un dortoir. Au premier rang, l'on voyait la famille Sluzick que Luzina faisait toujours asseoir aux places d'honneur, sur les meilleures chaises de la cuisine alignées comme dans une église. L'on apercevait aussi les Jos Mackenzie qui, à cette époque, habitaient leur cabane de la pointe aux perdrix, cinq milles à l'ouest, et chez qui, la veille, Luzina avait envoyé un émissaire disant: «Le capucin va dire la messe chez nous demain matin.»

De son côté, Nick Sluzick avait averti deux trappeurs célibataires, l'un qui s'appelait Tom Mackenzie, et l'autre, un Français établi sur le lac de la Poule d'Eau, un nommé Perrochon, ou Rochon, ou Peisson, on n'était pas très sûr. Parti de sa petite maison, dix milles au nord, de très bonne heure, presque à la nuit, Nick les avait pris tous les deux au long de la piste, dans sa Ford déjà pleine à craquer. Venaient ensuite les Tousignant au complet parmi lesquels se trouvaient l'homme engagé et leur maîtresse d'école. Mademoiselle Côté était venue à la chapelle, de sa chambre toute voisine, en chapeau.

C'était le fameux chapeau à plume rouge qui avait fait une telle impression le jour de l'arrivée de mademoiselle Côté. Luzina n'ayant pas non plus de voile avait suivi l'exemple de l'institutrice et portait son chapeau des grandes sorties. Comme elle ne mettait ce chapeau de velours qu'environ une fois l'an pour le voyage à Sainte-Rose-du-Lac, elle se sentait toute drôle de l'avoir sur la tête, dans sa propre maison et pour aller nulle part. De temps en temps, elle devait quitter l'église une minute pour jeter un coup d'œil à ses poulets qui rôtissaient, au bébé laissé dans la cuisine, et elle restait tout interdite lorsque, s'approchant du poêle, elle surprenait, réfléchie dans la surface émaillée du réchaud, sa singulière tournure en robe de coton et chapeau de ville. Malgré la gravité du jour, elle avait donc comme un petit sourire gêné lorsqu'elle revenait s'agenouiller avec les autres sur le plancher de la salle et incliner pieusement son chapeau.

L'assistance prit place sur les sièges pour entendre le sermon. Elle remplissait pour ainsi dire complètement la pièce, depuis le fond où les deux sofas mis bout à bout constituaient un long banc à l'usage des fidèles, jusqu'à l'avant où elle atteignait presque l'autel: une petite table couverte d'un linge très blanc et orné par l'institutrice de bouquets champêtres, lys tigrés, églantines sauvages roses et blanches, sabots de la Vierge et marguerites des champs. De la sorte, le prêtre n'eut qu'à se retourner pour se trouver en chaire. Un pas de plus, et il se serait trouvé parmi les fidèles; un pas en arrière, et il aurait pu faire basculer l'autel. Il envia quelque peu les prêtres qui peuvent s'adresser à leurs fidèles de loin, de très haut et sous la protection d'un abat-voix. La chaire élevée, l'éloignement et peut-être même ces haut-parleurs installés dans certaines églises devaient donner de l'aplomb aux prédicateurs. Encore qu'il dût être fort intimidant de se trouver à ce point exposé aux regards! Mais en bas, on l'était également. Mis ainsi sur le même plan que les fidèles, il ne fallait pas chercher à leur en imposer. Un homme parmi les hommes, guère plus fin qu'eux; voilà ce qu'il fallait se rappeler!

Le capucin glissa les mains dans ses manches, et il se demanda de quoi il allait bien parler. Quelquefois il préparait ses sermons d'avance. Mais, outre qu'il avait peu de mémoire, il lui était souvent arrivé, au moment d'ouvrir la bouche, de préférer tout à coup au sujet prévu, déjà développé, un autre qui lui paraissait plus opportun. Les circonstances l'amenaient quelquefois à ce revirement. Ainsi, comme il allait une fois parler de l'infaillibilité du pape, il avait reconnu dans l'assistance Mrs. Macfarlane qui, de temps en temps, venait à ses sermons. Il avait tout de suite senti à quel point il pourrait avoir l'air de viser directement cette personne sincère dans ses convictions et qui se trouvait être, de plus, la donatrice de l'harmonium. Ce n'était pas comme s'il eût dû renoncer à jamais à traiter de l'infaillibilité du pape. Mais puisqu'il y avait tant de sujets qui mettaient les gens d'accord, pourquoi ne pas choisir un de ceux-là? De la sorte, petit à petit, et sans beaucoup s'en apercevoir lui-même, le capucin en était venu à un sujet unique, et c'était pour ainsi dire toujours celui-là qu'à Portage-des-Prés, à Rorketon, chez les Tousignant et chez ses métis, il finissait par développer, croyant chaque fois trouver du neuf. Il est vrai que, possédant ce seul sujet à fond, le capucin, tel un virtuose qui a longtemps joué du même instrument, savait en tirer des variations constantes et inattendues. Ce vieux prêche de l'amour qu'il prêchait d'un bout à l'autre du pays des lacs, tout lui était bon pour le rafraîchir, le garder vivant. Le dévouement maternel, voire la tendresse des bêtes envers leurs petits, les relations de famille, la nature, la forêt, les arbres, les fleurs et les abeilles étaient utilisés.

Or, comme il était là, presque confondu avec les fidèles, il lui apparut que l'amour éclatait dans la vie des oiseaux des lacs. Il en avait été frappé la veille, alors que s'éloignant pour dire ses prières, il avait assisté à un bal de poules des prairies. Une première poule, grasse et importante, était entrée dans une petite clairière; elle en avait appelé d'autres, de ses ailes qu'elle battait avec force. Plusieurs couples étaient alors apparus. Ils s'étaient formés en un véritable quadrille et, gravement, chaque danseur avait décrit une figure de sept sans quitter sa partenaire d'un œil rond, tout brillant de politesse et de belles manières. Les figures semblaient réglées très rigoureusement comme celles d'un ballet. Chaque personnage accomplissait encore et encore cette figure de sept et, en passant devant son partenaire, je te salue, tu me salues, et je rebrousse les plumes, et tu fais de même. Exactement comme des humains. C'était le bal qui précède l'accouplement sous les branches, un bal de présentation si l'on veut où, sous l'étiquette de cour, les coqs, tels de grands seigneurs, manifestaient poliment leur intention aux dames à plumage ébouriffé. Il avait plu au capucin d'y voir une manifestation étonnante de l'amour apporté par Dieu à sa création. Il commença son sermon. Et voici à peu près ce qu'entendirent les deux vieux trappeurs, la Mackenzie occupée à faire danser entre ses bras son bébé qu'elle espérait distraire ainsi de la faim, bref toute la congrégation très attentive, et tout étonnée:

«Les âmes, dit le capucin, étaient un peu comme les oiseaux. Les unes étaient lourdes et volaient à peine. Vous avez tous vu voler les poules des prairies?» demanda-t-il, et, sur un bref signe d'assentiment venu surtout des femmes et des enfants, le capucin fit remarquer que ces oiseaux ne volaient pas très haut, qu'à peine même réussissaient-ils à quitter le sol. Cependant, ils faisaient leur petit effort, et il en allait ainsi de beaucoup d'âmes; elles tentaient de s'élever, elles essayaient de connaître le ciel, mais elles étaient retenues par leurs préoccupations terrestres, leurs passions et elles retombaient bientôt sur le sol. Il fallait mettre plus d'audace et de persévérance si l'on voulait atteindre une certaine altitude. Il en vint à parler des poules d'eau. Celles-ci étaient déjà beaucoup plus légères. Les avait-on vues s'élancer, parfaitement habiles dans l'air? Oui, les enfants de Luzina avaient souvent vu ce spectacle, cette supériorité des poules d'eau sur les pauvres poules des prairies, et ils le marquèrent par leurs yeux brillants et leur parfait assentiment. Et les canards! reprit le Père. Ceux-là aussi avaient les ailes légères. De même les butors, les hérons, le huard, les divers échassiers qui, tout gros et maladroits qu'ils fussent sur le sol, ne paraissaient plus du tout lourds lorsqu'ils étaient en plein vol. «Avez-vous déjà remarqué, demanda le capucin qui sembla s'adresser particulièrement à Nick Sluzick, comme ces oiseaux, point très élégants vus de près, offrent de gracieuses lignes lorsque plongés dans leur élément propre?» Nick avait l'air de considérer la chose avec contrariété, très mauvaise volonté et, à vrai dire, avec stupeur. «Les âmes créées par Dieu pour la lumière et la pureté du ciel n'atteignaient pareillement leur véritable élément que lorsque, par un grand effort, elles s'étaient dégagées de la vase, de la boue, du *gumbo*[1] des passions humaines.»

Tout à coup, le père Joseph-Marie abandonna de parler français; il s'embarqua dans la langue ukrainienne, cependant que madame Sluzick, ravie de comprendre enfin de quoi il s'agissait, approuvait d'un fin sourire répandu sur tout son visage. Les paroissiens de langue française, eux, avaient pourtant pris un air quelque peu dépité, déçus d'être ainsi abandonnés au moment le plus intéressant. Que racontait maintenant le capucin? Chacun ne pouvait s'empêcher de chercher à le déduire d'après la mine des Ukrainiens. Or, il semblait que le visage de madame Sluzick rayonnait de plus en plus mais que se renfrognait davantage la mine de Nick, son mari. Un fichu très blanc enveloppait la tête de l'Ukrainienne et donnait un doux éclat à son visage. C'était un visage typiquement slave, aux pommettes bien marquées, d'une expression souvent douloureuse. Les yeux sombres brûlaient d'une peine longtemps endurée en silence. Tout le monde savait que Nick Sluzick, jaloux et ombrageux, la séquestrait véritablement au fin fond du pays, près de la réserve indienne où ils habitaient, à dix milles de la première famille de Blancs. La mission était la seule occasion où Nick Sluzick montrait la pauvre femme. Si bien qu'elle devait attendre cette réunion en plein été pour faire, chez Luzina, la distribution de ses beaux œufs coloriés de Pâques qu'elle gardait, n'était-ce pas aimable? tout ce temps à l'intention des Tousignant. Bien entendu, les œufs n'étaient plus mangeables, mais ils étaient toujours ornés de leurs

---

1. Terre glaiseuse, lourde et collante.

charmants dessins en très vives couleurs. Martha Sluzick eût voulu faire beaucoup plus. D'un naturel généreux, elle se sentait humiliée d'avoir tant de fois accepté l'hospitalité de Luzina sans espoir de lui rendre la pareille. Et elle souffrait davantage, n'ayant pu apprendre le français, de ne pouvoir s'expliquer sur ce point et de laisser peut-être à Luzina l'impression qu'elle n'appréciait pas ses bontés. C'est pour cette raison sans doute que ses yeux étaient devenus si expressifs, comme chargés de raconter tout ce qu'elle avait sur le cœur, et ainsi, très souvent, arrivaient-ils à sourire et à pleurer à la fois.

Le capucin était au courant de l'insociabilité du vieux Nick et du bien triste sort fait à Martha. Des oiseaux à la liberté, il n'y a qu'un pas, et c'était donc de liberté qu'il parlait, toujours en ukrainien et s'inspirant principalement du beau regard sombre de Martha qui semblait le remercier du seul fait d'être comprise.

«Comme les oiseaux, l'âme humaine, disait-il, avait besoin d'air, de liberté et de ses semblables. En cage, elle ne pouvait que dépérir. De ses pauvres ailes, elle battait les barreaux, s'épuisait à rejoindre ses compagnes en liberté.» Il espéra que Nick avait compris. Il le sembla, à voir son air de plus en plus renfrogné; mais au cas où il n'aurait pas complètement saisi l'image, le capucin ajouta «que certains maris s'avisaient de garder leur femme ni plus ni moins que prisonnière, que c'était aller contre les joies permises aux créatures et par conséquent déplaisant à Dieu. Jésus avait aimé les fêtes populaires; il les avait honorées de sa présence. Jésus avait assisté aux noces de Cana. Il était certain qu'il tolérait, qu'il approuvait même les réjouissances honnêtes.»

Les jeunes filles de Nick, Maria, Olga et Irina, paraissaient enchantées du sermon et espéraient que le capucin en dirait assez pour contraindre leur père à les laisser danser ce soir à la fête des métis. Cependant, le vieux facteur regardait ses bottines d'un air furieux. D'après Nick, chacun devait s'occuper de ses propres affaires, le Bon Dieu des siennes et lui, Sluzick, de sa femme et de ses filles qu'il n'était pas pour laisser errer par tous les chemins. Catholique selon le rite grec, Nick n'était pas tout à fait certain d'entendre ici la vraie parole et les commandements spécifiques de Dieu. Il n'y avait pas d'icône, pas de chants russes. Le prêtre qui l'avait marié dans son village des Carpates avait lui-même femme et enfants, et il n'était pas pour trop de liberté donnée aux femmes; celui-là savait à quoi s'en tenir. Le capucin, sans embarras de ce genre, pouvait parler à son aise de liberté, de réjouissances et d'oiseaux. Il ne risquait rien. D'ailleurs, Nick avait amené toute sa famille à la mission; c'était assez de distractions pour une année. Et si on continuait à le piquer, à le talonner, il serait capable d'embarquer tout son monde immédiatement après la messe au lieu de laisser les femmes jacasser ensemble presque toute la journée comme les années précédentes. C'était ainsi, du reste, avec les femmes; on leur donnait long comme le bras de liberté et, tout de suite, il leur fallait des trottes, un voyage en train la prochaine fois, Dieu sait quoi au bout de quelques années! À côté du facteur se tenait le fils Sluzick âgé de quatorze ans. Il avait les bras croisés sur sa poitrine, l'air presque aussi farouche que son père.

Heureusement, le capucin en revint à ses oiseaux et aussi à la langue française. On admira comment, revenant d'une si longue digression, il put enchaîner à partir du point exact qu'il avait quitté dix minutes auparavant. Certaines âmes volaient donc beaucoup plus haut que d'autres. Il en arriva aux menus oiseaux, fauvettes, hirondelles, pics-bois, gracieuses créatures qui s'approchaient toujours de mieux en mieux des grandes hauteurs. Mais c'était l'alouette qui filait certainement le plus haut dans le ciel.

«L'avez-vous déjà vue, si mince, demanda le bon Père, un peu exalté, souriant des yeux à l'image qu'il voyait bien d'un tout frêle oiseau, brave petite créature, dit-il, qui volait, volait pour lancer là-haut son cri de joie et d'amour?»

Or, à ce moment, Luzina, particulièrement séduite par l'exemple de l'alouette, crut entendre de la cuisine un bouillonnement très fort qui soulevait le couvercle d'une marmite. Elle dut courir voir ce qui se passait sur le fourneau. Quand elle revint sur la pointe des pieds, elle ralentit son allure au moment de franchir le seuil de l'église. Elle était frappée tout à coup par une idée triste. La cuisine, son bébé, les apprêts du repas, cent distractions l'empêchaient de s'approcher parfaitement de Dieu. Il se pouvait bien qu'elle fût de l'espèce lourde dont parlait le capucin, que la terre empêchait de voler. Peut-être n'était-elle que de la catégorie des poules des prairies, très grasses et très malhabiles. Elle en avait l'allure, réfléchit-elle, avec ses jambes souvent enflées et sa forte poitrine. Presque tous les fidèles étaient du reste en ce moment préoccupés de définir à quelle espèce ils ressemblaient le plus; mais davantage à déterminer dans quelle catégorie ranger leurs voisins. Pour Hippolyte, le premier problème ne le tracassait guère. Il ne se voyait pas du tout en oiseau. En revanche, il n'avait aucunement hésité à placer Bessette parmi les rapaces, tandis que les métis, gens de riche imagination, se reconnaissaient tous dans la gracieuse alouette. Tels les oiseaux du capucin, ils ne filaient ni ne tissaient ni ne ramassaient ni ne s'inquiétaient beaucoup de l'avenir; et voyez la justice divine! Ce serait toujours eux les mieux vêtus! Salomon dans toute sa splendeur ne serait jamais aussi beau qu'aucun d'eux.

Maintenant le capucin reprenait son sermon en résumé et en anglais à l'intention de Tom Mackenzie, lequel comprenait quelque peu le français. Mais tout homme, d'après le père Joseph-Marie, avait le droit d'entendre parler de Dieu dans sa propre langue. D'ailleurs il avait quelque chose à reprocher à Tom Mackenzie en particulier. Tom Mackenzie, au premier abord, paraissait l'être le plus sociable que l'on pût imaginer, un bon vieux trappeur à cheveux grisonnants, les yeux souriants, la bouche souriante; même ses oreilles, sensibles, attentives, paraissaient participer à son large sourire. Son costume disait amplement l'admiration de Tom pour la civilisation. Il se composait de vêtements que jamais on n'avait vus ensemble, sauf sur la personne du trappeur. À ses jambes s'enroulaient des molletières kaki telles qu'en portaient les soldats de la guerre de 1914. Son veston de drap bleu à boutons dorés était celui d'un employé de chemin de fer. Quant au chapeau de Tom posé en ce moment sur ses genoux, un large chapeau beige, de feutre dur, genre scout, avec une bande pour enserrer la nuque, c'en était un à coup sûr de la Police montée. Les métis ont un goût très vif pour l'uniforme et ils arrivent ainsi à s'en constituer un tant bien que mal, à force de trocs. Tom avait-il, dans ses voyages, rencontré un chef de train, un soldat et un homme de la Police montée qui lui eussent cédé chacun un peu de ce qui faisait leur splendeur aux yeux du vieux métis? Peut-être avait-il plus prosaïquement trouvé le tout dans ces ballots de vêtements que certaines organisations charitables composaient de dons les plus variés et envoyaient, aux années de misère, en des régions perdues. De toute façon, Tom en faisait ses beaux dimanches sans aucune gêne, avec beaucoup d'aisance, au contraire. Néanmoins, cet être éminemment amical, ce bon Tom avait un alambic et distillait dans sa cabane un mauvais alcool, très fort, dont il traitait libéralement ses amis, les passants, tout le monde, généreux comme il était.

Très intéressé, le vieux trappeur entendit le capucin lui parler des aigles, des éperviers, des hiboux, oiseaux méchants, oiseaux de proie qui causaient de grands dommages aux cultures, portaient l'effroi chez les petits oiseaux sans défense. Tel était l'alcool, dit le capucin, un ennemi qui perfidement minait, corrompait, détruisait. Ni Tom à l'allure toujours souriante, ni Hippolyte qui voyait plus que jamais Bessette en corbeau, ni le bon capucin lui-même ne s'avisèrent que ces cruels oiseaux, l'épervier surtout, volaient très haut, aussi haut pour le moins que la petite alouette qui allait en plein ciel jeter son cri d'amour.

De la cuisine, l'odeur du festin se répandait, de plus en plus alléchante. La Jos Mackenzie avait beau faire sauter son bébé tant qu'elle pouvait, elle ne parvenait plus à le distraire de crier. Un petit chat vint alors sur le pas de la chapelle voir ce qui retenait si longtemps les gens de la maison. Les enfants de Luzina, scandalisés, tentèrent de le renvoyer. «Va-t'en minette...» chuchotèrent-ils. Alors, brusquement, presque sans transition, le capucin laissa tomber: «Ainsi soit-il. C'est la grâce que je vous souhaite de tout mon cœur en vous bénissant.»

Cinq minutes plus tard, la salle avait encore changé d'atmosphère et de destination. La grande table de la cuisine y avait été introduite, les chaises rangées tout alentour, les mets y apparaissaient, cependant que Nick Sluzick n'en pouvant plus d'attendre toutes ces cérémonies s'asseyait le premier à la place qu'il avait occupée l'année dernière; que Luzina courait, essoufflée, que les chats miaulaient; que la maîtresse aidait et que les métis, tout enfiévrés par cet air de fête, lançaient déjà des invitations à leur propre fête qui se donnerait le soir même et continuerait sans doute quelques jours.

— Tu viendras à notre danse, Tigneur! insistaient-ils auprès du capucin.

Mais oui, il en serait. Après l'émotion religieuse, qu'est-ce qui était plus agréable que les réjouissances populaires, des visages heureux autour de lui, l'amitié dans tous les regards!

X

La danse avait lieu en plein air, sur une étroite plate-forme de planches érigée entre quelques trembles et bouleaux nains, à plusieurs milles de chez Luzina, du côté du trappeur Tom Mackenzie. C'était lui-même qui faisait danser, son feutre de la Gendarmerie royale en arrière de la tête, son violon sous le menton, ses jambes de soldat croisées l'une sur l'autre, ses boutons au chiffre des chemins de fer nationaux luisant à petits feux, ayant en dépit de cela, ce qui était bien le plus extraordinaire, l'air d'être tout à fait lui-même, avec ses beaux cheveux longs sur le cou, presque blancs, ses pommettes hautes, sa simplicité héritée des Indiens.

L'éclairage était ingénieux, distribué par trois falots attachés aux branches des arbres qui entouraient la plate-forme, mais si bien dissimulés dans la verdure que la lumière semblait venir des feuilles lisses et frissonnantes des jeunes trembles. Tant de lumière attirait les moustiques de loin. Ils tournaient avec les danseurs, assoiffés de sang; ils bourdonnaient si fort dans les cheveux, aux oreilles, qu'on les entendait presque mieux que le *Red River reel* du trappeur-violoneux.

C'était une nuit très chaude, moite, presque sans souffle. La fête qui se déroulait si loin de toute habitation aurait pu grandement étonner tout étranger qui en aurait entendu les éclats à travers la savane. Elle n'avait rien de surprenant aux yeux des métis qui aiment concilier de la sorte leurs goûts très vifs et contradictoires pour la sauvagerie et la sociabilité.

Leurs cheveux noirs se plaquaient à leur front, à leurs joues, tant ils se dépensaient à danser et à chasser les moustiques. À tout instant, l'on voyait un danseur abandonner la taille de sa partenaire, s'administrer une formidable claque sur la joue, dans le dos, au cou, puis allégrement reprendre et entraîner sa compagne. Obligeants, ils se rendaient d'ailleurs le service de tuer les moustiques les uns des autres. On avait bien fait un feu de tourbe dans un vieux seau percé. Sa fumée empestait tout le monde aux moments où un peu de vent la poussait vers la plate-forme. Quand elle se portait dans une autre direction, les moustiques revenaient. On souffrait donc des deux inconvénients, soit de la fumée qui faisait tousser, soit des insectes. Le capucin, dans son épaisse robe de bure et ses gros bas à côtes qu'il portait en toute saison, protégé de plus par sa barbe, paraissait moins souffrir.

Il siégeait, les jambes écartées, le dos à un tronc d'arbre, sur un madrier disposé au bout de la plate-forme à l'intention des invités d'honneur. À côté de lui se tenait Luzina; puis venaient Albert Patenaude, l'ouvrier agricole, et mademoiselle Côté à qui celui-ci faisait une cour enragée. La présence de la maîtresse impressionnait les divers Mackenzie plus encore peut-être que celle du capucin. Jamais on n'avait vu à leur fête une jeune fille de la ville, assise ainsi posément sur le madrier, les deux pieds alignés et tenant son petit sac à main sur ses genoux. Les métis en avaient été si vivement flattés qu'au début de la fête, ils s'étaient concertés sur la meilleure manière de l'accueillir officiellement. Ils avaient fini par décider Tom Mackenzie, en le poussant un peu dans le dos, à remplir ce devoir. Tom n'avait pas l'habitude de parler en public. Il s'en était pourtant tiré fort bien au dire de tout le monde. «Nous avons avec nous, *tonight,* une demoiselle de la ville, avait débité Tom, du haut de la petite plate-forme, une demoiselle diplômée, maîtresse d'école, *school teacher* dans les deux langues, bilingue et tout le tralala: Miss Côté. C'est un grand *honor*, je vous demanderai à tout un chacun de bien vous conduire, *on account of this little lady from* Sainte-Agathe, Manitoba, *very nice little lady*, et allons donc, entrez dans la danse. Demandez votre dame, formez votre *company...*»

Ils étaient une quarantaine, adultes et enfants, venus de tous les côtés et du fin fond du pays. Le Français, Perrochon, ou Peisson, ou Rochon, y était, un homme silencieux qui ne paraissait pas très liant. La plupart étaient de Portage-des-Prés et prêts à bien s'amuser. Tous étaient arrivés comme ils avaient pu, débordant à pleins bords des deux vieilles autos réquisitionnées pour l'occasion. Samson avait amené onze personnes dans son auto à cinq places. Les ayant déposées à la fête, il était immédiatement parti en chercher d'autres, tout comme au beau temps des élections où on l'employait à amener les gens voter. Un couple avait fait le trajet à cru sur la même monture, un beau pommelé. Ce cheval vigoureux, attaché en ce moment par la bride à l'un des trembles qui portait un falot, secouait tout l'éclairage quand il tendait la tête pour atteindre les tendres feuilles succulentes. Les deux Ford parquées dans la folle avoine, une tente dressée à quelque distance et qui abritait un poêle où les femmes préparaient du café, la petite plate-forme en pleine lumière tremblotant sous le galop de la danse, le cheval qui était presque de la réunion, tout cela donnait à la fête des métis une allure brillante et particulièrement réussie. Le capucin avait entendu dire du mal de ces petits bals champêtres du pays de la Poule d'Eau. D'après quelques oblats qui desservaient la réserve indienne, ces sauteries étaient prétexte à des beuveries, chacun apportant son flacon de whisky et l'on y voyait, à tout instant, des couples s'écarter dans les fourrés.

Le capucin ne remarquait rien d'aussi grave. Certes, de temps en temps, les Mackenzie et les Parisien s'éloignaient deux ou trois à la fois. Quand ils revenaient, le missionnaire croyait reconnaître, mêlée au parfum des trèfles et de la nuit, une odeur un peu aigre, qui pouvait bien être d'alcool. Mais ils se tenaient tous encore bien droits sur leurs pieds, au retour de leurs expéditions derrière la tente; celles-ci étaient d'ailleurs très brèves. Ils se gênaient apparemment plus que de coutume pour fausser compagnie aux dignitaires. Ils faisaient certainement des efforts pour ne pas boire trop à la fois ni trop souvent. En tout cas, aucune femme ne disparaissait avec les hommes dans l'ombre. Les femmes restaient en pleine lumière, c'était toujours cela de gagné. C'était même beaucoup de gagné, vu le sang chaud de ces belles filles aux prunelles allongées et brillantes. Dieu ne devait pas exiger davantage. Le capucin revit le gracieux bal des poules des prairies, et il lui parut que ses métis se comportaient à peu près de la même façon naturelle, voulue par le Créateur. Du reste, le mal que se donnait tout le monde à avoir un peu de plaisir, la chaleur, la chasse aux moustiques, le fait de tant se démener par une nuit si chaude apparaissait au capucin plutôt comme une pénitence.

Son inquiétude de voir les gens se mal comporter s'en alla donc tout à fait. Bientôt, la musiquette de Tom Mackenzie l'entraîna même à battre le plancher du bout de sa grosse bottine. C'étaient de vieux airs d'Écosse que le violoneux entremêlait à son gré. Tout en jouant, il *callait*, c'est-à-dire qu'il dirigeait les figures du quadrille:

— *Gentlemen and ladies meet...* à la main droite... À la main gauche... promenade *around the place...* tout autour de la place... *Swing!*

Un accès de gaieté folle soulevait tout le monde à cet instant.

— *Gentlemen and ladies bow*, commandait Tom Mackenzie.

Il était assis sur une bûche, de même que sur un trône, le buste très droit, presque immobile. Seul s'agitait le bras qui poussait l'archet et, tout ce temps, les yeux bridés de Tom avaient l'air de regarder au moins dix milles plus loin. Cependant, rien n'échappait à son attention, et il savait au bon moment engager les danseurs à virevolter, à croiser les mains et à se saluer.

Luzina même en était cette fois. Elle s'était beaucoup fait prier pour danser, disant qu'elle était rouillée, que son temps était passé, que ce n'était plus sa place, une mère de famille, de se mettre à sautiller, qu'elle ne saurait plus comment faire d'ailleurs, mais tout cela avec une envie bien apparente d'accepter. Maintenant, son visage appuyé à l'épaule d'Hippolyte brillait de plaisir. L'on voyait qu'elle avait dû être assez jolie; une

blonde cendrée aux yeux bleus, au teint clair. Sa taille
était un peu forte, ses bras trop gras, mais elle avait tout
l'air, en ce moment, les yeux levés vers Hippolyte, de
le voir tel qu'il avait été au temps de leurs fiançailles,
et l'expression de son visage s'en trouvait rajeunie,
presque taquine. Lui était devenu un gros petit homme
trapu, aux épaules trop lourdes, presque sans cou, mais
il devait aussi revoir le temps de leur amour, car il
craignait moins que d'habitude de se montrer prévenant
envers elle en public. Le capucin les suivait d'un air
attendri. Il approuvait l'amour conjugal qui s'accompagnait de joie, de légèreté et, pour tout dire, d'un désir
franc et honnête.

Il n'y eut bientôt plus que trois personnes restées
assises sur la plate-forme: le capucin à côté de mademoiselle Côté et, de l'autre, leur faisant face, le Français.
D'un pétillement de l'œil, d'un petit mouvement de la
tête, le père Joseph-Marie avait bien l'air de les inciter
à danser ensemble. Cette invitation eut-elle enfin raison
de la réticence du vieux garçon? Il vint s'incliner très
bas devant mademoiselle Côté, la saluant d'une manière
qui ne s'était jamais vue dans la contrée de la Petite
Poule d'Eau. Elle se leva, rougissante, flattée de la
façon d'agir du Français. Autour d'eux, les métis applaudirent. Ils avaient craint de s'exposer au ridicule en
demandant comme partenaire cette Miss Côté du Sud,
diplômée maîtresse d'école dans les deux langues. Mais
il n'en allait pas de même à leurs yeux du Français. Si
quelqu'un pouvait convenir à Miss Côté, c'était bien le
représentant parmi eux de la France, pays par excellence
des grands saluts, de la galanterie et de tout ce qui
s'ensuit. Ils se sentirent donc très fiers de disposer de
lui, en cette occasion de gala. Tom, par égard pour ce
beau pays du Français, essaya même de franciser sa
vieille ritournelle.

À vrai dire, Tom aimait tous les pays, du moins ceux qu'il connaissait de nom: l'Espagne, la Grèce, l'Italie, le Vatican et les United States. Tom aimait les pays comme il aimait innocemment les uniformes, les soldats, les avions. Mais son goût de la civilisation était venu à Tom à travers l'Écosse. De même ses fleurs de langage, ses jolies tournures d'hommage. C'est pourquoi sans doute sa ritournelle eut l'air moins naturelle lorsqu'il se mit à la psalmodier en français.

— Les mesdames et les monsieurs... chantonna Tom... la madame *on the left*... le monsieur *on the right*... croisez les mains... la belle dame... le monsieur...

La gaucherie de l'expression toucha le cœur du Père.

Au-dessus de sa tête luisaient des milliers de claires étoiles. Dans l'herbe, c'étaient les lucioles qui jetaient des brefs pétillements de feu.

À la pointe des hautes graminées, quand elles se penchaient dans la lumière des falots, de grandes fleurs apparaissaient qui, un instant plus tard, se défaisaient.

Le capucin croisa ses pieds chaussés de grosses bottines à l'ancienne. Du fond de sa poche, il tira sa pipe. Il l'alluma, moins par goût que pour opposer un peu plus de fumée aux moustiques. Au fond d'un léger nuage, ses yeux brillèrent.

À lui aussi, la vieille civilisation parut lointaine, aimable, gracieuse.

Plus il était monté haut dans le Nord, et plus il avait été libre d'aimer.

Mai 1950
Saint-Germain-en-Laye

ANNEXES

PETITE HISTOIRE DE
LA PETITE POULE D'EAU
par
Gabrielle Roy

J'étais alors une jeune institutrice au Manitoba; je ne connaissais à peu près rien au monde hors la ville où je suis née, Saint-Boniface, et celle, plus grande, tout à côté, Winnipeg. En juin 1937, avant de m'embarquer pour mon premier voyage en Europe, sans doute pour arrondir un peu mes petites économies et peut-être aussi par désir de voir quelque horizon autre de ma province que j'allais quitter, je me présentai un jour au Department of Education *à Winnipeg et demandai si l'on ne pourrait pas me confier une école d'été. Je savais qu'il y en avait quelques-unes, relevant directement de l'Instruction publique, que l'on tenait ouvertes pendant la belle et brève saison seulement, en raison de l'extrême rigueur de l'hiver.*

Le fonctionnaire qui me reçut, en m'écoutant, déroulait une carte murale du Manitoba. Il m'indiqua de l'œil, vers le nord, une région surtout liquide, si bien couverte de grands espaces bleus — lacs, rivières, deltas — que la terre là-bas m'apparut séparée à peine des eaux, fraîche et jeune comme au premier souffle du monde.

— Là, fit-il, en me montrant un point de cette carte presque vide de noms géographiques.

— Comment y parvenir? demandai-je.

Le fonctionnaire fut assez embarrassé et, en fin de compte, me fournit peu d'indications utiles.

Par bonheur, je connaissais l'inspecteur des Postes du nord du Manitoba.

— Comme cela se trouve bien! me dit-il, quand je l'eus rejoint au bout du fil. Je pars justement dans quelques jours pour ce pays de la Petite-Poule-d'Eau. Oui, il faut bien que j'aille au moins tous les dix ans jeter un coup d'œil à la dernière poste par là-bas et, vraiment, je l'ai négligée depuis trop longtemps.

Nous convînmes du jour et de l'endroit où nous rencontrer. Ce fut à Rorketon, petit village cosmopolite, au terminus du chemin de fer.

Le lendemain, à l'aube, dans une Ford antique conduite par un Ukrainien, ayant avec nous un guide métis, nous roulions, où plutôt naviguions sur une route de terre à plat dans l'immensité, entre les hautes herbes et le ciel profond. C'était la fin juin. Cette savane nue et triste se montrait parsemée des fleurs sauvages les plus colorées que j'aie jamais vues.

Et plus je m'enfonçais dans cet étrange pays silencieux, moins je croyais possible d'en revenir jamais. Quelques lecteurs de mon livre ont bien voulu me reconnaître dans mademoiselle Côté. En un sens, je fus elle, ou elle fut moi, surtout par la sensation d'extrême dépaysement que je ressentis ce jour-là.

N'est-ce pas Gide qui a dit: «Avant de découvrir des terres nouvelles, il faut consentir à perdre de vue tout rivage»? Eh bien, dès lors je perdis de vue mes rivages familiers, et j'ai gardé pour la vie le sentiment que nulle partie de ce monde n'en est le centre.

Vers le milieu du jour, n'ayant aperçu presque rien de vivant, nous arrivâmes à un insignifiant village. C'était Portage-des-Prés: cinq ou six maisons de *planches. Déjà, en l'apercevant dans les herbes, je m'étais demandé: comment vivre là deux mois? Est-ce seulement possible? Mais je me faisais des illusions. Ce n'était pas là mon poste. Comme mademoiselle Côté, j'eus la déconvenue d'apprendre que le mien avait beaucoup moins d'importance. Ceci, que j'avais sous les yeux, était, pour ainsi dire, la capitale de la Petite-Poule-d'Eau!*

— Vous, me dit le marchand-maître-de-poste en se grattant la nuque, vous devez être celle qu'on attend au ranch...

Il en était le propriétaire; mais hostile, à ce qu'il me sembla, à l'instruction, il n'avait aucune intention de me faciliter le voyage jusqu'à destination, quelque vingt milles plus loin.

Mon inspecteur des Postes n'avait pas de raison d'aller plus loin. Mais c'était un brave cœur d'homme. Peut-être pensa-t-il que le service de Sa Majesté ne verrait pas d'inconvénients à me faire profiter encore un peu de la vieille Ford, du guide et du chauffeur ukrainien. Bref, il décida de me conduire jusqu'à la porte de ma petite école; il allégua qu'au fond il avait toujours voulu aller voir comment c'était plus loin.

La piste devint beaucoup plus raboteuse et presque invisible parmi les hautes herbes qui sifflaient au vent. Au bout de quelques heures, nous atteignîmes une belle et grande rivière murmurante dans ses roseaux. Il se trouvait un canot pour la traverser, mais il était sur la rive opposée. Notre guide métis s'en fut le chercher à la nage. Parvenus sur l'autre rive, les hommes chargèrent le canot sur leurs épaules, car on nous avait avertis qu'il y aurait une deuxième rivière à traverser et, au cas où les moyens de transport là aussi seraient du mauvais côté, mes compagnons prenaient leurs précautions. Comme dans les images d'exploration, l'un derrière l'autre, en petite file, dans un foin haut jusqu'à la taille, nous allions... Mais ces péripéties, je les ai racontées dans le livre et je n'ai rien exagéré. Au contraire, j'ai plutôt atténué les difficultés afin que l'on veuille bien me croire. Le soir tombait, j'atteignis mon île. Au ciel assombri s'élevèrent des milliers d'oiseaux aquatiques s'appelant avec des voix qui évoquaient une sorte de détresse. L'inspecteur des Postes, l'Ukrainien et le Métis se hâtèrent de repartir avant la nuit. Je me rappelle avoir longuement agité la main vers eux comme si je voyais se détacher de moi, et s'éloigner à jamais, les derniers témoins du monde civilisé.

Que m'arriva-t-il durant ces deux mois que je passai dans l'île de la Petite-Poule-d'Eau? Il me semble que je cherchai à me tuer de besogne pour en même temps tuer l'ennui, le cafard. J'avais sept élèves: quatre des enfants de la seule famille vivant dans l'île, des Blancs, et trois petits Métis qui, chaque jour, pour assister à mes classes, venaient, deux de la terre ferme, et le troisième d'une autre île quelque part. Jamais encore je n'avais éprouvé si fortement les responsabilités presque tragiques du métier d'institutrice. Que donner aux enfants, pensais-je, qui soit assez beau, assez fort, assez haut pour les dédommager de toutes leurs peines? Est-ce que déjà l'instruction avant toute chose ne m'apparaissait pas devoir être un moyen de communication, un appel, un échange profond entre les humains?

Sans doute y eut-il autour de moi un frémissement tendre et mélancolique de vie enfantine, de vie d'oi-

seaux aquatiques, et le jeu du vent dans les nuages et les roseaux était-il comme une musique. Mais je n'étais pas encore prête à aimer totalement la Petite-Poule-d'Eau; ou, si déjà je l'aimais, c'était d'un cœur trop lourd d'ennui. *Defoe, dans l'île de son personnage, n'eût pas écrit* Robinson Crusoé.

Au début de septembre, je quittai l'île. J'allai en Europe. Je commençai à écrire pour de bon. Puis je revins dans mon pays. Je me fixai à Montréal. Je ne pensais pas souvent à la Petite-Poule-d'Eau. Peut-être croyais-je que c'était un incident sans importance de ma vie, presque déjà oublié.

En 1947, avec mon mari, je retournai en France pour un long séjour. Un jour d'été, nous roulions avec un groupe d'amis dans la plaine de Beauce pour aller revoir la cathédrale de Chartres. Mes amis, dans le fond de la voiture, parlaient d'art gothique, d'œuvres admirables que nous ont laissées les civilisations. J'étais songeuse, comme en suspens entre le réel et quelque appel de l'imagination, du souvenir. Et c'est alors, brusquement, que le pays de la Petite-Poule-d'Eau se réveilla sans bruit au fond de ma mémoire. Et tout d'abord, ce fut en moi comme une sorte de douce et poétique nostalgie de cette île où je m'étais si fortement ennuyée.

Peut-être les temps étaient-ils propices à cette nostalgie. En Europe, au lendemain de la guerre, j'avais vu les traces des grandes souffrances, du mal profond que s'infligent les vieilles nations. Et, pour se détendre, pour espérer, sans doute mon imagination se plaisait-elle à retourner au pays de la Petite-Poule-d'Eau, intact, comme à peine sorti des songes du Créateur. Là, me dis-je, les chances de l'espèce humaine sont presque entières encore; là, les hommes pourraient peut-être, s'ils le voulaient, recommencer à neuf. Mais hélas! ai-je aussi pensé avec une certaine tristesse, ce n'est que très loin, au bout du monde, dans une très petite communauté humaine, que l'espoir est encore vraiment libre.

Quoi qu'il en soit, c'est sur le portique de la cathédrale de Chartres que choisit de me visiter cette pensée.

Peu après, j'allai faire un bref séjour en Angleterre chez une chère vieille amie qui habitait un village de la forêt d'Epping. Et là aussi me suivirent le murmure, le silence, les appels d'oiseaux sur les bords d'une lointaine rivière. Puis, un matin, je m'éveillai, connaissant tout à coup les gens que j'aurais aimé rencontrer là-bas. Ce furent les Tousignant. Ils m'apparurent, Luzina surtout, jeunes comme au début du monde, et, venant à la vie, déjà ils étaient épris du désir d'apprendre. On pourrait tout aussi bien dire d'aimer. Par mes personnages, j'ai appris bien des choses. De Luzina, j'ai appris que s'instruire, connaître, aimer, c'est à peu près la même chose.

Et ainsi, mon paradis terrestre de la Poule-d'Eau tout aussitôt créé, je le peuplai d'enfants; après cela, je fus bien forcée d'y édifier au plus vite une petite école.

Ou plutôt, je laissai faire les Tousignant. Des maîtres vinrent les instruire qui ne furent pas parfaits; ils étaient humains, ils avaient leurs défauts. Et même, si l'on veut bien y faire attention, apparaissent, à travers ce récit, des éléments de discorde latents tout mêlés pourtant à la bonne volonté humaine. Un maître enseigne ceci... un autre cela... Le capucin de Toutes-

*Aides, cher homme, y vient parler de justice, d'amour,
pendant que le marchand Bessette élève sa fortune aux
dépens des autres.*

*Vingt ans plus tard n'en aurait-il pas été de la
Petite-Poule-d'Eau comme de partout ailleurs? J'en
doute à peine. Mon bonheur fut de saisir sa vie à son
frémissement le plus joyeux, le plus jeune et — je me dis
parfois — peut-être le plus vrai.*

Gabrielle Roy

(Ce texte a été écrit en décembre 1956 pour servir de
préface à une édition scolaire de *La Petite Poule d'Eau*.
Il a été reproduit en 1978 dans *Fragiles Lumières de la
terre*.)

CHRONOLOGIE DE GABRIELLE ROY

1909	Naissance, le 22 mars, à Saint-Boniface (Manitoba).
1915-1928	Études à l'académie Saint-Joseph de Saint-Boniface.
1928-1929	Études de pédagogie au Winnipeg Normal Institute.
1929-1930	Premiers postes d'institutrice, à Marchand d'abord, puis à Cardinal.
1930-1937	Institutrice de première année à l'institut Provencher de Saint-Boniface (école de garçons) ; parallèlement, activités théâtrales au Cercle Molière.
Été 1937	Poste temporaire à l'école de la Petite-Poule-d'Eau.
1937-1939	Séjour en Angleterre et en France ; études d'art dramatique ; voyages.
1939-1945	De retour d'Europe, Gabrielle Roy s'installe au Québec et vit de la vente de ses textes à divers périodiques montréalais, tout en entreprenant la rédaction de *Bonheur d'occasion* ; elle habite surtout à Montréal, mais fait de fréquents séjours à Rawdon et à Port-Daniel.
Juin 1945	Publication, à Montréal, de *Bonheur d'occasion*.
1947	La traduction anglaise de *Bonheur d'occasion (The Tin Flute)* est choisie comme livre du mois de mai par le Literary Guild of America ; en juin, achat des droits cinématographiques par Universal Pictures ; en août, Gabrielle Roy épouse Marcel Carbotte ; en septembre, elle est reçue à la Société royale du Canada ; en novembre, l'édition française de *Bonheur d'occasion* obtient le prix Femina.

1947-1950 Fin septembre 1947, Gabrielle Roy et son mari partent pour Paris, où ils passeront trois ans ; elle fait des séjours en Bretagne, en Suisse et en Angleterre.

1950 Parution, à Montréal, de *La Petite Poule d'Eau* qui, l'année suivante, sera publiée à Paris et, à New York, en traduction anglaise *(Where Nests the Water Hen)*.

1950-1952 De retour de France, le couple s'installe d'abord à Ville Lasalle, puis à Québec, où Gabrielle Roy vivra jusqu'à la fin de sa vie.

1954 Publication d'*Alexandre Chenevert* à Montréal et à Paris ; l'année suivante, la traduction anglaise paraît sous le titre *The Cashier.*

1955 Publication, à Montréal et à Paris, de *Rue Deschambault,* dont la traduction anglaise paraîtra en 1956 *(Street of Riches)* et obtiendra le Prix du Gouverneur général du Canada.

1956 Gabrielle Roy reçoit le prix Duvernay.

1957 Acquisition d'une propriété à Petite-Rivière-Saint-François, où Gabrielle Roy passera dès lors ses étés.

1961 Voyage en Ungava, puis en Grèce avec son mari ; à l'automne, parution à Montréal de *La Montagne secrète,* dont l'édition parisienne et la traduction anglaise *(The Hidden Mountain)* sortiront l'année suivante.

Hiver 1964 Séjour en Arizona, où elle assiste à la mort de sa sœur Anna.

1966 Parution de *La Route d'Altamont* et de sa traduction anglaise *(The Road Past Altamont).*

1967 Publication d'un texte sur le thème « Terre des hommes » dans un album sur l'Exposition universelle de Montréal ; en juillet, Gabrielle Roy est faite compagnon de l'Ordre du Canada.

1968 Doctorat honorifique de l'Université Laval.

1970 En mars, voyage à Saint-Boniface auprès de sa sœur Bernadette mourante ; à l'automne, publication de *La Rivière sans repos* et de sa traduction anglaise *(Windflower).*

1971 Gabrielle Roy reçoit le prix David.

1972 Publication de *Cet été qui chantait,* dont la traduction anglaise paraîtra en 1976 *(Enchanted Summer).*

1975 Parution d'*Un jardin au bout du monde,* dont la traduction anglaise sera publiée en 1977 *(Garden in the Wind).*

1976   Publication d'un album pour enfants, *Ma vache Bossie.*

1977   Publication de *Ces enfants de ma vie,* qui obtient le prix du Gouverneur général du Canada et dont la traduction anglaise paraîtra en 1979 *(Children of My Heart).*

1978   Gabrielle Roy reçoit le prix Molson du Conseil des Arts du Canada ; parution de *Fragiles Lumières de la terre,* dont la traduction anglaise sera publiée en 1982 *(The Fragile Lights of Earth).*

1979   Publication d'un second album pour enfants, *Courte-Queue,* qui obtient le Prix de littérature de jeunesse du Conseil des Arts du Canada et paraît l'année suivante en traduction anglaise *(Cliptail).*

1982   Publication de *De quoi t'ennuies-tu, Éveline ?*

1983   Mort, à l'Hôtel-Dieu de Québec, le 13 juillet.

1984   Publication de l'autobiographie intitulée *La Détresse et l'Enchantement.*

ÉLÉMENTS DE BIBLIOGRAPHIE

1. Quelques ouvrages sur Gabrielle Roy et son œuvre

Babby, Ellen Reisman, *The Play of Language and Spectacle: A Structural Reading of Selected Texts by Gabrielle Roy,* Toronto, ECW Press, 1985.

Charland, R.-M. et Samson, J.-N., *Gabrielle Roy,* Montréal, Fides, coll. « Dossiers de documentation sur la littérature canadienne-française », 1967.

Gagné, Marc, *Visages de Gabrielle Roy,* Montréal, Beauchemin, 1973.

Gilbert Lewis, Paula, *The Literary Vision of Gabrielle Roy. An Analysis of Her Works,* Birmingham, Summa Publications, 1984.

Harvey, Carol J., *Le Cycle manitobain de Gabrielle Roy,* Saint-Boniface, Éditions des Plaines, 1993.

Hind-Smith, Joan, « Gabrielle Roy », dans *Three Voices,* Toronto, Clarke-Irwin, 1975, p. 62-126.

Novelli, Novella, *Gabrielle Roy, de l'engagement au désengagement,* Rome, Bulzoni, coll. « I quattro continenti », 1989.

Ricard, François, *Gabrielle Roy,* Montréal, Fides, coll. « Écrivains canadiens d'aujourd'hui », 1975 ; nouvelle édition, Québec, Nota Bene, 2000.

Ricard, François, *Inventaire des archives personnelles de Gabrielle Roy conservées à la Bibliothèque nationale du Canada,* Montréal, Boréal, 1992.

Ricard, François, *Gabrielle Roy, une vie,* Montréal, Boréal, 1996 ; édition mise à jour, Montréal, Boréal, coll. « Boréal compact », nº 110, 2000.

Saint-Martin, Lori, *Lectures contemporaines de Gabrielle Roy. Bibliographie analytique des études critiques (1978-1997),* Montréal, Boréal, coll. « Cahiers Gabrielle Roy », 1998.

2. Choix d'études sur *La Petite Poule d'Eau*

Allard, Jacques, « Le chemin qui mène à *La Petite Poule d'Eau* », *Cahiers de Sainte-Marie,* nº 1, mai 1966.

Delson-Karan, Myrna, « Les symboles dans *La Petite Poule d'Eau* de Gabrielle Roy », *Revue canadienne des langues vivantes/Canadian Modern Language Review,* vol. 43, nº 2, 1987.

Lavorel, Guy, « Conversion et pluralité : le parcours initiatique de *La Petite Poule d'Eau»,* dans A. Fauchon (dir.), *Colloque international Gabrielle Roy,* Winnipeg, Presses universitaires de Saint-Boniface, 1996.

Marcotte, Gilles, « Rose-Anna retrouvée », *L'Action nationale,* vol. 27, nº 1, janvier 1951.

Ricard, François, «*La Petite Poule d'Eau* de Gabrielle Roy », dans M. Lemire (dir.), *Dictionnaire des œuvres littéraires du Québec,* tome III : *1940-1959,* Montréal, Fides, 1982.

Roper, Gordon, « Introduction », dans Gabrielle Roy, *Where Nests the Water Hen,* Toronto, McClelland & Stewart, coll. « New Canadian Library », 1970.

Vachon, Georges-André, « Chrétien ou Montréalais », *Maintenant,* nº 38, février 1965.

TABLE DES MATIÈRES

MISE EN PAGES ET TYPOGRAPHIE :
LES ÉDITIONS DU BORÉAL

CE SIXIÈME TIRAGE A ÉTÉ ACHEVÉ D'IMPRIMER EN MAI 2004
SUR LES PRESSES DE L'IMPRIMERIE AGMV MARQUIS
À CAP-SAINT-IGNACE (QUÉBEC).